KB177135

행복한 서번트, 캘빈 이야기

The happy savant, Calvin's story

행복한 서번트, 캘빈 이야기
The happy savant, Calvin's story

초판 인쇄 2017. 6. 5
초판 발행 2017. 6. 10

지은이 신영춘
펴낸이 김광우
편집 문혜영
디자인 한윤아
영업 권순민, 박장희

펴낸곳 知와 사랑 | **주소** 경기도 고양시 일산 동구 중앙로 1275번길 38-10, 1504호
전화 02) 335-2964 | **팩스** 031) 901-2965 | **홈페이지** www.jiwasarang.co.kr
등록번호 제2011-000074호 | **등록일** 1999. 1. 23
인쇄 동화인쇄

이 도서의 국립중앙도서관 출판시도서목록(CIP)은 서지정보유통지원시스템
홈페이지(http://seoji.nl.go.kr)와 국가자료공동목록시스템(http://nl.go.kr/kolisnet)
에서 이용하실 수 있습니다.(CIP제어번호: CIP2017012270)

ISBN 978-89-89007-88-3(03800)
값 15,000원

신영춘 지음

知와 사랑

행복한 서번트, 캘빈 이야기 The happy savant, Calvin's story

가족들의 희생과 사랑 89

그림 그리는 아이 105

캘빈의 서번트 드로잉
Calvin's Savant Drawing

해설 | 김광우

129

프롤로그

3살 때 자폐증 진단을 받고 살아온
캘빈과 가족들의 이야기다.

이 이야기를 해야겠다고 계획한 적은 없었지만
캘빈의 작품을 대중에게 선보이는 기회가 연속적으로 일어나면서
캘빈이 어떻게 살아왔으며, 왜 그림 그리기에 전념하게 되었는지,
캘빈의 행위가 사람들에게 어떤 영향을 줄지 등을 생각하다
캘빈과 가족들의 이야기를 진솔하게 펼치는 것이
도리라고 생각하게 되었다.

자폐증의 스펙트럼이 너무 넓고 아이마다 증상도 다르기 때문에
캘빈의 증상과 교육방법이 유일한 것으로 읽혀질까봐
무척 조심스럽다.

자폐증 진단을 받고
아이를 위해서 무엇을 어떻게 해야 하나 고민했던 한 엄마가
아이의 손을 잡고 걸어온 행적으로 읽어주시면 좋겠다.

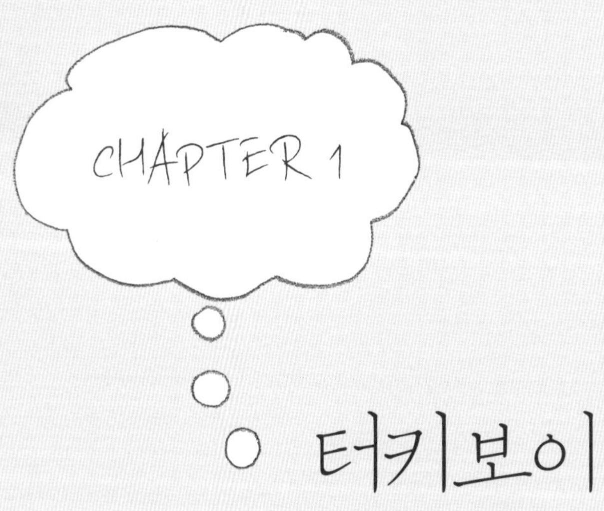
CHAPTER 1
터키보이

첫 만남

캘빈은 우리 부부의 늦은 첫아이였다. 새언니가 한국에서 보내준 임신 관련 책을 읽으면서 인체가 생기는 과정에 대해 공부하고 열심히 기도하며 아이를 만날 날만 기다렸다. 출산예정일인 추수감사절 새벽 6시, 마침내 진통이 시작되었다. 아이와의 첫 만남을 위해 병원에 가기 전에 곱게 화장도 하고 새 옷으로 갈아입었다.

나는 임신 중에 유난히 체중이 늘어 분만에 대한 두려움이 있었다. 당시 산부인과 담당 의사도 임신 중이었는데 무통분만 주사를 맞을 생각이라고 해서 나도 주사의 도움을 무척 기대했다. 그런데 갑자기 양수가 터졌고 주사를 맞을 수 있는 시간을 놓치고 말았다. 2시간의 힘겨운 분만 시도에도 아이는 모습을 드러내지 않았고 결국 흡입 분만기를 사용하게 되었다.

추수감사절에 태어난 캘빈은 터키보이라는 닉네임을 얻었다. 갓 태어난 아이가 많이 울지도 않고 눈을 뜨면 병실을 두리번거리던 모습이 지금도 생생하다. 밤에 울거나 보채지 않아서 병실에 있던 다른 부모들이 부러워할 정도였다. 신생아를 둔 부모라면 누구나 아이 때문에 밤잠을 설친다는데 캘빈은 너무나 규칙적으로 잠을 자는 수월한 아이였다.

무언가 다른 아이

그러던 아이가 14개월 때부터 우유를 거부하고 눈도 마주치지 않았다. 또 무언가를 떠들며 알아들을 수 없는 의성어로 소리를 지르기 시작했다. 캘빈을 방에 두고 문 밖에서 이름을 불러보았지만 아무 반응도 보이지 않았다.

걱정스러운 마음에 동네에서 꽤나 유명한 소아과 의사를 찾아갔더니 남자아이들의 성장이 더딘 편이므로 너무 걱정하지 말라고 해서 우리는 안심했다. 지금 생각해보면 당시에는 자폐증이 많이 알려지지 않아서 자폐아의 대표 증상인 눈맞춤이 안 되는 것도 무심코 지나쳤던 것 같다.

그렇게 몇 달이 지나도록 차도가 없어 청력 검사도 받았지만 결과는 또 정상이란다. 그래서 우리는 캘빈이 좀 극성스럽고 특이한 아이라고만 여겼다. 하지만 시간이 흐를수록 아이의 행동은 또래 아이들과 많이 달랐다.

당시 캘빈은 소그룹으로 운영하는 유아 놀이방에 다녔다. 또래 친구들은 선생님의 지시를 잘 따랐지만 캘빈은 같이 앉아 있지도 못하고 계속 혼자 돌아다니는 통에 다른 친구들에게 피해를 주는 것 같아 그만두었다. 도서관에서 일주일에 한 번 하는 스토리텔링 수업도 시도해보았지만 캘빈 때문에 수업하기가 어렵다는 선생님의 전화를 받고 그마저도 갈 수 없었다.

다니던 교회에서도 캘빈은 친구들을 무는 아이로 소문이 나서 아무도 가까이 오려고 하지 않았다. 다행히 두 명의 여자 친구들이 캘빈과 함께 놀이 모임을 해주어서 덜 외롭게 보낼 수 있었다. 함께해준 친구 엄마들은 캘빈이 사내아이라 늦는 거라며 나를 위로했다. 우리는 아이들과 함께 4계절을 만끽했다. 여름이면 친구 아파트에 있는 수영장에서 물놀이를 하고 가을에는 근처 과수

원에서 과일을 땄다. 또 겨울에는 눈사람을 만들며 밖에서 뛰놀았다. 그때까지도 캘빈이 유난히 부산스럽고 모든 게 늦는 아이라고만 생각했기 때문에 많은 것을 경험하게 해주려고 노력했다. 우리는 동물원, 박물관, 공원, 쇼핑몰들을 다니면서 함께 시간을 보냈다. 하지만 사람이 많은 곳에 다니면 다닐수록 난감한 일이 벌어졌다.

캘빈은 주변 환경이나 사람들에 관심이 없고 늘 자기 세상에 혼자 있었다. 그런 캘빈이 관심을 보인 게 딱 하나 있다. 바로 동물이다. 내 친구들이 여행을 가면서 강아지나 고양이를 맡기면 캘빈이 주로 놀아주곤 했다. 강아지가 꼬리를 치면 뭐가 그리 우스운지 끝없이 박장대소를 했다. 하지만 강아지를 안는 법을 몰라서 밀가루 반죽하듯 주물러대니 강아지는 캘빈만 보면 도망을 가고 캘빈은 늘 강아지를 쫓아다녔다.

유일하게 동물에게만 관심을 보였던 캘빈은 동네 과일가게 뒤에서 기르던 돼지, 닭, 염소 등을 보는 것을 좋아했다. 하루는 캘빈이 닭장 문을 열어두는 바람에 닭들이 모두 도망가서 한동안 접근이 금지되었다.

유일하게 동물에게만 관심을 보였던 캘빈은 동네 과일가게 뒤에서 기르던 돼지, 닭, 염소 등을 보는 것을 좋아했다. 캘빈이 닭장 문을 열어두는 바람에 닭들이 다 도망가는 사건으로 한동안 접근이 금지되기도 했다.

위험한 아이

우리가 다니던 교회에서 캘빈에게 물리지 않은 친구가 없었다. 바로 옆에서 지키고 있어도 순식간에 친구들을 무는 바람에 나는 항상 반창고와 소독약, 연고를 가지고 다녔다. 공공장소에 갔을 때도 다른 아이를 다치게 할 수 있기 때문에 아이 옆에 껌딱지처럼 붙어 있어야 했다. 캘빈과 외출할 때는 어쩔 수 없이 아이에게 미아 방지끈을 묶어서 데리고 다녔다. 밖에서 걷기 시작하면 무작정 앞만 보고 걷기 때문에 아이를 보호하기 위해서라도 꼭 필요한 조치였다.

집에서는 가구 위에 올라가 뛰어내리는 대담성을 보였다. 사실 대담성이라기보다는 무서움이나 두려움이라는 감정 자체가 없었던 것 같다. 캘빈은 높은 곳으로만 올라가려고 했다. 부엌에서도 의자를 놓고 찬장 위에 올라가 뛰어내렸고 안방에서는 매트리스를 바닥에 놓고 점프를 하며 위험하게 놀았다. 특히 거실 커튼에 매달려 놀 때는 정말 아찔했다. 마치 타잔이라도 된 듯 한쪽 커튼에서 다른쪽 커튼으로 뛰는 캘빈 때문에 집에 있는 커튼을 모두 없애버렸다.

당시 우리 집에는 장난감이 많이 있었다. 먼저 아이를 키운 친구들이 장난감을 물려주었기 때문이다. 캘빈은 다른 장난감에 관심이 없었지만 장난감 말은 좋아했다. 처음에는 캘빈이 좋아하는 것 같아 그냥 내버려 두었는데, 서부 영화에서 카우보이들이 묘기를 부리듯 아찔하게 말을 옮겨타는 모습을 보고 가슴이 철렁했다. 결국 그 장난감 말도 다른 친구에게 주어야만 했다.

아이를 감당하기가 점점 힘들어지면서 제일 위험한 것에 대한 경고부터 가르치기 시작했다. 그러나 우리가 가장 위험하게 생각했던 '화상'은 어떤 말로도 가르칠 수가 없어서 직접 경험하게 할 수밖에 없었다. 우리는 아이의 손가락 끝을 커피잔에 닿게 해서 뜨거운 것이 어떤 느낌인지 알게 했다. 그 사건 이후 캘빈은 뜨거운 연기만 보아도 도망가버렸다.

–

집중력과 감성이 강한 아이

캘빈이 30개월이 되었을 무렵 영화 〈타이타닉〉이 아카데미 상을 휩쓸었다. 평소 영화를 좋아하던 우리 부부도 비디오를 사서 보았는데 캘빈은 소파에 앉아 꼼짝 않고 영화에만 집중했다. 주인공 디카프리오가 물에 가라앉는 장면에서는 캘빈이 울어서 너무 놀랐다. 3살이 채 되지 않은 아이가 영화 내용을 이해하고 운 것인지 의아했지만, 우리는 감성이 풍부한 아이로만 여겼다.

그 뒤로도 캘빈은 〈타이타닉〉만 보려고 했는데 계속 보여주는 것이 좋지 않을 것 같아 캘빈 나이에 맞는 비디오를 보여주려고 했다. 그렇지만 캘빈은 이 영화에만 집착했다. 또 영화를 볼 때면 본인이 주인공이 된 것처럼 감정을 이입하는 바람에 가급적 위험한 영화는 피하려고 노력했다. 무서운 영화나 소리가 큰 영화는 손을 귀에 갖다대면서 거부했기 때문에 일부러 보여줄 필요도 없었다. 말이 늦어서 교육 프로그램들을 보여주려고 했지만 캘빈은 별 관심을 보이지 않았다. 모든 아이들이 좋아하는 〈세서미 스트리트〉도 보지 않았고, 화면이 빨리 돌아가는 만화 영화만 보려고 했다.

아이의 행동이 점점 난폭해지면서 우리는 비디오 보는 시간을 줄이고 그 시간에 장난감이나 다른 것으로 놀이를 하도록 유도해보았다. 그러나 캘빈은 장난감을 주어도 가지고 놀 줄을 몰랐다. 집에 있는 장난감은 무조건 망가뜨렸고 유아용 책상과 의자는 항상 엎어놓았다. 집에 있는 가구들도 모두 엎어놓고 싶어 해서 웬만한 가구들은 보이지 않는 곳으로 치워야 했다.

그림책을 주면 읽는 것이 아니라 모든 책들을 일렬로 세워놓았다. 별 생각 없이 책을 치우려는 순간 캘빈이 달려들더니 내 팔을 물고 울면서 난폭한 행동을 했다. 하루하루가 벅차게 느껴지던 즈음 유치원에 들어가게 되어 마음이 놓였다. 유치원에 다니면서 또래 아이들과 지내면 좀 나아질 것이라는 막연한 기대를 한 것이다. 내 아들에 대한 상태를 제대로 이해하지 못하고 유치원만 보내면 사회성이 늘고 과격한 행동들이 수정되리라고 믿고 싶었던 것 같다.

–

감각에 민감한 아이

촉각

캘빈이 15개월 때는 아무 데서나 옷을 벗는 버릇이 있었다. 장난감 가게에 진열된 플라스틱 집들 앞에 캘빈의 옷만 있고 아이가 없어진 일도 여러 번 있었다. 옷을 벗고 뛰어다니는 아이를 잡아 옷을 다시 입히던 일은 지금 생각해도 아찔하다. 자폐 진단을 받은 후 옷 벗는 것에 대해 의사 선생님께 물어보니 일부 자폐아들은 피부 감각이 예민해서 무언가 닿는 것을 싫어하기 때문이라고 하셨다. 이런 경우 아이들의 셔츠나 속옷에 있는 상표 라벨을 다 뜯어주는 게 좋다고 하셨다. 한동안 캘빈은 자기를 만지는 것도 무척 싫어했다. 반가운 마음으로 손이나 팔을 살짝만 만져도 무척 싫어했다.

나는 캘빈의 인지능력을 키우기 위해 방 하나를 테라피방으로 만들었다. 밀가루, 쌀, 콩, 배추, 솜 등 여러 재료들을 만져보고 그것을 가지고 놀면서 다양한 느낌을 경험하게 하고 싶었다. 그러던 어느 날 아래층에서 비릿한 냄새가 나서 가 보았더니 캘빈이 부엌 바닥에 달걀을 몽땅 깨놓고 그 위에서 뒹굴고 있었다. 여러 종류의 재료들을 느껴보라고 가르쳤더니 달걀을 온몸으로 느끼고 싶었던 것 같다. 한동안 집 안에서 달걀 비린내가 가시지 않았다.

청각

캘빈은 소리에 굉장히 민감했는데, 의사 선생님 말씀으로는 자폐아 중 소리에 민감한 아이들이 많다고 한다. 특히 코스트코 같은 대형마트에 가면 갑자기 두 손으로 귀를 막았다. 우리가 흘려듣는 미세하고 다양한 배경의 소리까지 매장에 들어가는 순간 한꺼번에 듣게 되고 그 소리들을 두뇌에서 빨리 처리하지 못하기 때문에 힘들어 한다는 것이다. 심한 아이들은 갑자기 울거나 패닉 상태까지 갈 수도 있다고 하셨다.

많은 자폐아들이 그렇겠지만 캘빈도 사람들의 질문에 답하는 속도가 무척 느리다. 아무리 최선을 다해 대답하려 해도 질문을 귀로 듣고 두뇌에서 정리해서 입으로 나오기까지 시간이 많이 필요하기 때문이다. 그래서 답을 하는 중에 새로운 질문이 들어오거나 여러 명이 동시에 질문을 하면 여전히 힘들어 한다.

애리조나에 있을 때 캘빈이 유독 싫어했던 선생님이 있는데, 항상 자기에게 소리를 지른다는 것이었다. 알고보니 그 선생님 목소리가 고음이었는데 그 다음부터는 캘빈에게 목소리를 낮춰서 말씀해주셨다. 또 비가 오거나 천둥이 치는 것을 무서워해서 그런 날은 집에 있는 모든 불을 다 켜야 했다. 우리 아들은 지금도 내 목소리가 조금만 높아지면 "엄마, 진정해요!" 하면서 한숨을 쉰다.

미각

캠빈은 어릴 때부터 편식이 심했는데 아예 먹는 것을 거부할 때도 있었다. '배가 고프면 먹겠지!' 하는 생각에 3일을 물만 먹였는데 어디서 힘이 나오는지 에너지가 넘쳐나서 감당이 안 되었다. 그러던 중 우연히 앞집 할머니와 샌드위치 가게에 가서 프렌치프라이를 먹게 되었는데 그 뒤로는 어디를 가든 한동안 프렌치프라이만 먹었다. 그 일이 계기가 되어 피자도 먹고 라면도 먹게 되었지만 야채는 씹을 때 특유의 식감이 싫었는지 전혀 관심을 보이지 않았다. 캘빈에게 야채를 먹일 방법을 궁리하다가 집에서 유기농으로 키운 야채들을 말려서 알약으로 환을 지었다. 그리고 아침마다 캘빈이 먹는 스무디에 환을 넣어서 함께 먹이기 시작했다.

자폐 진단을 받다

캘빈은 2살부터 유치원에 다니기 시작했다. 이곳의 보조 교사 앤Anne이 아니었으면 캘빈의 자폐증을 발견하는 데 더 많은 시간이 걸렸을 것이다. 선생님은 캘빈의 행동이 다른 친구들과 다르고 자폐아인 자기 아들의 어릴 때와 많이 비슷하다며 자폐 진단을 받아보는 게 어떻겠냐고 제안하셨다. 그때가 캘빈이 32개월 무렵이었다. 당시 자폐라는 단어를 처음 접한 우리 부부는 여러 정보를 수집하고 읽기 시작했다. 그 결과 캘빈이 자폐일 수도 있겠다는 생각이 들어 서둘러 검사를 시작했다.

아이가 아직 어렸기 때문에 자폐증 검사에도 많은 시간이 요구되었다. 동네에도 자폐 판정팀이 있었지만 우리도 개인적으로 보스턴 소아병원에 검사를 의뢰했다. 아동 심리학 의사, 소아과 의사, 언어치료사들이 한 팀을 이루어서 몇 주간의 검사를 시작했고 결국 자폐라는 진단이 내려졌다.

검사 결과가 나오던 날의 기억이 아직도 생생하다. '아닐 수도 있겠지'라는 기대를 했지만 막상 결과를 듣고 나니 지금껏 이해하지 못했던 아이의 행동들이 이해되기 시작했다. 남들과 다른 방식으로 이해하고 가르쳤어야 하는 아이를 우리 기준에 맞추어서 교육했던 지난 시간 동안 아이가 얼마나 힘들었을까를 생각하니 마음이 아팠다.

자폐 교육을 시작하다

—

교육을 받으면 나아질 거야

아이가 자폐증이라면 어떤 부모가 당황하지 않겠는가? 아이의 장래가 어떻게 될 것인가에 대한 두려움이 먼저 찾아올 것이다. 나 역시 그랬지만 당시에는 조금 더 단순하게 생각했다. 자폐 진단을 받았으니 그에 맞는 교육을 시키면 금방 다른 친구들과 함께 학교도 다니고 좋아질 것이라는 기대를 한 것이다. 하지만 막상 자폐 관련 교육이 시작되자 그런 희망은 점점 사라졌다.

당시만 해도 자폐증에 대한 연구와 관련 교육에 대한 정보가 지금처럼 많지 않았다. 특히 미국에서 어떻게 해야 적극적으로 자폐아를 위한 교육을 받을 수 있는지 알 수가 없었다. 우리는 우선 동네에서 운영하는 특수아동 프로그램에 의존하면서 치료를 시작했다. 우리가 사는 렉싱턴은 보스턴에서도 교육타운으로 유명한 곳이라 이곳에서 실시하는 자폐 교육을 전적으로 믿었던 것이다.

하지만 시간이 가면서 교육 프로그램에 의문이 들기 시작했다. 당시에는 미국에서도 자폐 학생을 교육하는 것에 대한 지식이 매우 부족했던 때였다. 우리가 기대한 것만큼 캘빈이 달라지지 않아 다른 학교를 알아보기 시작했다. 마침 옆 동네 벌링턴에 유치원부터 초등학교까지 다닐 수 있는 특수학교가 있다는 소식을 듣고 새로운 기대를 품은 채 옮겨갔다. 그때가 캘빈이 4살 정도였다.

학교에서는 어떻게 교육하는지 궁금해서 자주 방문해 살펴보았지만 교육이 제대로 되고 있는지는 여전히 의문이었다. 결국 우리는 학교보다는 우리가 할 수 있는 학교 밖의 치료에 더 의존하게 되었다. 여러 치료사들이 집에 왔지만 캘빈을 담당할 만한 치료사를 만날 수가 없었다. 설리반 선생님을 만나 장애를 극복한 헬렌켈러를 떠올리면서 캘빈도 이런 훌륭한 선생님을 만났으면 하는 꿈을 꾸었다. 또 나 스스로 마음을 다지기 위해 헬렌켈러 영화도 종종 빌려다 봤다. 교육을 통해 모범적인 결과를 보여준 유일한 성공사례를 이 영화에서만 볼 수 있었기 때문이다.

—

NECC에 지원하다

놀이치료, 음악치료, 심리치료 등 다양한 방법을 동원하던 무렵 같은 유치원에 다니던 친구 엄마로부터 NECC(New England Center for Children)라는 특수사립학교가 있다는 사실을 듣게 되었다. 그 친구도 이 학교로 옮기게 되어서 그 날이 유치원에 나오는 마지막 날이라고 했다.

우리는 지푸라기라도 잡는 심정으로 NECC에 대해 알아보기 시작했다. 그러면서 이곳이 자폐 응용행동분석(Applied Behavior Analysis) 프로그램을 1:1로 하는 자폐 전문 특수사립학교라는 것을 알게 되었다. 자폐아는 어릴 때 빨리 교육해야 최상의 효과를 얻을 수 있다는 것을 알고 있던 터라 너무 초조했다. 그리고 NECC에 아이를 보낼 수 있는 그 엄마가 너무 부러웠다. 캘빈도 이런 교육을 받았으면 하는 생각에 NECC에 들어갈 방법을 알아보았다.

첫째, 특수교육 전문 변호사가 필요하다. 둘째, 캘빈이 자폐증이라는 의사의 보고서와 심리학 진단서가 필요하다. 셋째, 현재 벌링턴의 공립학교에서 받는 특수교육이 캘빈에게 합당한지를 장애인 교육법에 비추어 전문적으로 판단할 수 있는 의사 소견서가 필요하다. 이 외에도 많은 서류들이 요구되었다.

변호사를 통해 알게 된 사실은 미국의 장애인 교육법 I.D.E.A.(Individuals with

Disabilities Education Act)에 의하면 지금 다니는 학교에서 제공하는 프로그램이 아이에게 맞지 않을 경우 부모가 아이에게 맞는 학교를 찾아 교육시킬 권리가 있다는 것이다. 부모의 권리가 인정되지 않을 경우 타운을 상대로 소송을 해야 하며, 소송에서 이기면 학비를 면제받고 변호사 비용까지 받을 수 있다고 했다. 하지만 학교를 대변하는 변호사와 우리 변호사가 법원에서 서로의 입장을 주장하면 소송이 길어질 수 있고 그럴 경우 변호사비도 추가될 수 있다는 점을 알려주었다. 승소한다는 보장이 있는 것도 아니어서 모든 것이 혼란스러웠다.

학교와의 갈등

학교는 NECC로 옮겨달라는 우리의 요구를 여러 차례 거절했다. 캘빈이 발전하고 있으니 지금 학교에 계속 다니는 것이 좋겠다는 말만 되풀이했다. 나는 이 말에 동의할 수 없었다. 그래서 학교에서 배운 행동사항들을 집에서 다시 테스트했고 그 결과를 데이터로 만들어 학교에서 준 데이터와 비교해보았다. 역시 우려한 대로 학교에서 보내온 결과와 많은 차이가 있었다. 무엇보다 절망적인 것은 캘빈의 교육 환경이 나아질 가능성이 없어 보인다는 것이었다.

부모 눈에는 지금 받는 교육이 부족한 게 분명하게 보이고 하루라도 빨리 적절한 교육을 받게 하고 싶은데 학교 측은 우리가 받아들일 수 없는 기준으로 아이가 나아지고 있다는 말만 되풀이하고 있었다. 결국 지금 받는 교육이 부적절하다는 것을 증명하는 것은 부모인 우리 몫이었다.

나는 캘빈이 다니고 있는 학교를 상대로 소송을 건다는 것이 심적, 경제적으로 무척 부담스러웠다. 이렇게까지 해야 하나 자책도 했다. 학교 선생님들도 최선을 다하고 계셨기 때문이다. 하지만 캘빈이 자폐아에게 효과적이라고 알려진 응용행동분석에 기반을 둔 교육을 하루빨리 받게 해주고 싶었다. 결국 선택은 부모인 우리 몫이었다. 수차례 고민한 끝에 소송을 진행하기로 결정했다. 소송에서 지면 우리가 저축한 돈과 집을 담보로 융자를 받아서라도 캘빈을 NECC에 보내야 한다는 의지가 무엇보다 강했다.

소송을 진행하면서 변호사의 분야가 다양하다는 것과 특수교육 전문 변호사의 필요성에 대해 알게 되었다. 캘빈을 담당한 골드H. Gold 변호사와는 첫 미팅을 빼고는 주로 전화로 진행했는데, 통화 시간이 변호사 비용으로 청구되므로 통화 전에 미리 질문을 준비해야 했다. 골드 변호사는 소송에 필요한 서류들을 꼼꼼히 알려줄 뿐만 아니라 캘빈을 검사할 유능한 의사들도 소개해주었다.

당시 캘빈을 검사해준 닥터 카스트로Dr. Castro는 보스턴에서 자폐증 및 특수교육 전문으로 유명한 분이었다. 또 심리학 박사 대그놀트J. Daignault는 캘빈의 모든 의료기록들을 검토했고, 우리 부부와의 인터뷰를 통해 캘빈의 문제점이 무엇인지, 집에서는 어떻게 생활하는지, 학교에서는 어떻게 생활하는지에 대해 심도 있는 대화를 나눴다. 그리고 캘빈과 1:1로 대화하면서 캘빈의 반응과 눈맞춤, 이해력을 살폈다. 캘빈의 학교를 방문하여 전반적인 교육 환경도 조사했다. 수업 시작 전의 교실 분위기는 어떤지, 수업이 시작되면 교사 및 보조교사가 몇 명의 장애학생을 담당하는지, 한 아이가 투정하거나 수업을 받지 못하는 상황에서 교사들이 어떻게 대처하는지 등을 관찰했다. 그런 다음 지금의 학교 프로그램이 캘빈에게 적합한지를 판단하고, 적합하지 않다면 어떤 점이 그러한지를 명시한 소견서를 작성했다. 그 소견서는 18페이지 정도로 모든 것이 아주 자세하게 명시되었다.

소견서를 법원에 보내고 NECC에 입학 신청을 한 때가 봄이었다. 대기자가 많아 순서를 기다려야 한다는 답변을 듣고 열심히 기도했다. 그리고 드디어 NECC 여름 프로그램에 들어가게 되었다. 생각보다 빨리 입학하게 되어서 좋았지만 아직 소송이 진행 중이라 학비는 우리가 먼저 부담해야 했다. 당시 남편은 엔지니어로 일하고 있었고 나는 빌딩 내 매점을 운영하고 있었다. 아무리 맞벌이라고 해도 통장에서 매달 큰돈이 빠져나가는 데 부담이 컸다. 그러나 캘빈에게는 NECC가 유일한 희망이었기 때문에 선택의 여지가 없었다.

—

NECC의 교육효과/토큰 시스템

캘빈이 4살 반 때 NECC에 입학하고 정확히 일주일 만에 긍정적인 효과들이 나타나기 시작했다. 그동안 치료사들과 아무리 연습해도 이루어지지 않던 눈맞춤이 NECC 입학 1주일 만에 100% 이루어진 것이다. 하지만 여전히 아이는 산만했고 갈 길이 멀게 느껴졌다. 이 무렵 나는 잘 훈련된 강아지가 캘빈보다 지능이 높다는 생각을 했다. 강아지들은 훈련을 시키면 바로 익혀서 행동하는데 캘빈은 왜 안 되는 것일까? 너무 답답한 날들이었다.

그렇게 NECC에 다닌 지 두 달쯤 지났을 때 상대측이 소송을 포기했다는 연락을 받았다. 캘빈의 학비 전액과 등하교 교통편을 제공받고 나니 마음이 한결 가벼워졌다.

NECC에 아이를 맡긴 부모들은 케이스 매니저, 1:1 담당 선생님, 언어치료사와 매주 한 번씩 미팅을 한다. 그리고 담당 선생님들은 매주 2시간씩 집으로 오셔서 학교에서 하는 행동수정분석을 집에서도 할 수 있도록 부모에게 가르쳐준다. 데이터 작성법도 함께 가르치는데, 이 데이터 결과를 가지고 아이에게 맞는 프로그램과 맞지 않는 프로그램이 무엇인지 미팅을 한다. 이때 집과 학교에서 만든 데이터가 있어야 효과적인 결과를 얻을 수 있다.

토큰 시스템은 아이가 바람직한 행동을 했을 때 토큰을 제공하고 그렇지 않을 경우에는 제공하지 않는 방법을 사용해 아이의 행동을 바람직한 방향으로 이끄는 교수법이다. 이 시스템에서는 아이의 행동에 대한 체계적인 데이터 수집이 필수적이다. 예를 들어 "캘빈, 엄마 봐!" 하고 열 번 불렀을 때 몇 번이나 쳐다봤는지에 대한 데이터를 만든다. 이러한 토큰 시스템으로 특정기간 동안 정해진 목표를 달성하면 그 행동은 수정되었다고 인정하는 식이다.

다음 장에 나오는 도표들은 NECC에서 수업하면서 만든 데이터다.

교사들은 아이 옆에서 언제 아이의 행동이 변하는지를 관찰하여 데이터를 만든다. 예를 들어 캘빈이 갑자기 울기 시작하면 울기 전과 후에 어떤 일들이 있었는지 관찰해 기록한다. 집에서도 학교에서와 같은 시스템으로 해야 효과를 극대화할 수 있다고 해서 우리 집에도 토큰 그림들로 채워져 갔다. 아침에 일어나서 밤에 잘 때까지 캘빈의 하루 스케줄을 그림으로 붙여놓고 그 스케줄대로 했을 경우 토큰이 얼마만큼 붙어 있는지 눈으로 확인하게 했다.

토큰 시스템은 캘빈의 행동을 유도하는 중요한 도구로 쓰였다. 캘빈이 바람직한 행동을 수행하면 토큰을 주고 일정한 수의 토큰이 모이면 이것을 캘빈이 원하는 과자나 컴퓨터 시간 같은 상으로 교환해준다. 만약 그에 미치지 못하면 상을 주지 않는 식이다. 선생님은 이러한 토큰 시스템을 3번, 5번, 그리고 10번으로 늘려갔다. 캘빈의 첫 번째 행동수정 목표는 눈 맞추기와 한곳에 적어도 2분 이상 앉아 있기였다.

student ___ time sample.

5/21 work 9:15-9:20 (tokens)

INTERVAL	15 SEC	30 SEC	45 SEC	60 SEC
1	−	−	−	−
2	+	−	−	−
3	−	+	−	−
4	−	−	+	−
5	−	−	−	−
TOTAL	1	1	1	0
%	5	5	5	0

15%

5/24 work 10:45-10:50 tokens

INTERVAL	15 SEC	30 SEC	45 SEC	60 SEC
1	+	−	−	−
2	−	−	+	+
3	−	−	−	−
4	−	−	−	−
5	−	+	−	−
TOTAL	1	1	1	1
%	5	5	5	5

20%

5/24 computer lab 2:20-2:25 tokens

INTERVAL	15 SEC	30 SEC	45 SEC	60 SEC
1	−	−	−	−
2	−	−	−	−
3	−	−	−	−
4	+	−	−	−
5	−	−	−	+
TOTAL	1	0	0	1
%	5	0	0	5

10%

선생님과 수업하면서 15분 간격으로 만든 등간기록법 데이터. 이 데이터를 중심으로 다음 장에 나오는 일주일 단위, 분기 단위로 행동수정 결과가 나온다.

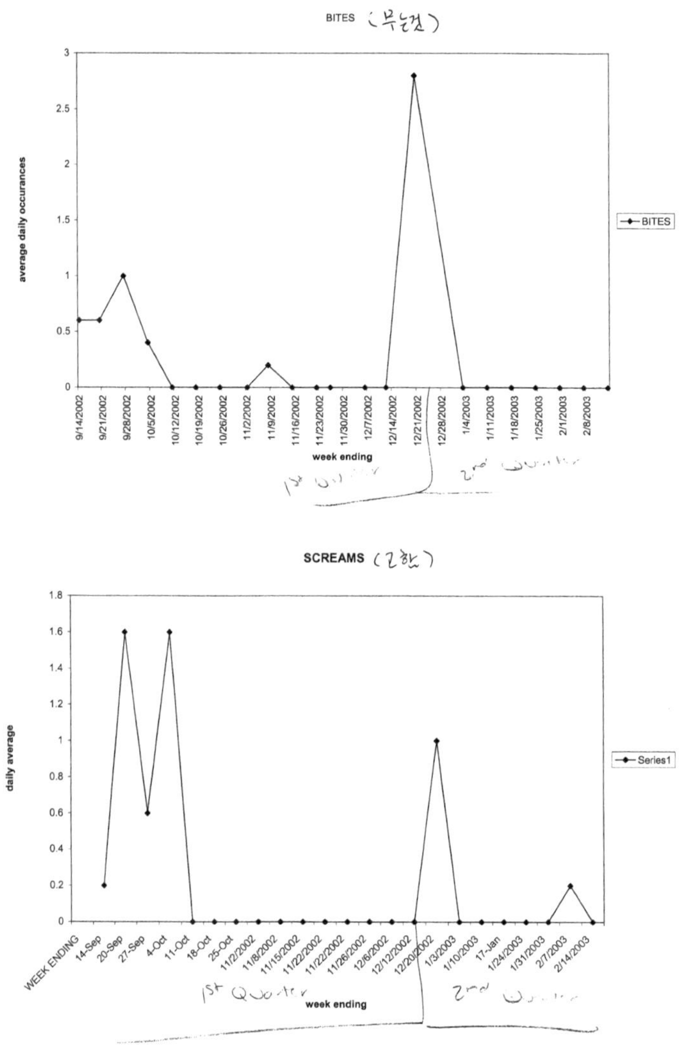

(상) 수업 중 상대방을 몇 번이나 물려고 했는지에 대한 빈도기록법 데이터

(하) 수업 중 몇 번이나 소리를 지르는지에 대한 빈도기록법 데이터

홀딩 테라피

NECC에서 배운 방법으로 집과 학교가 하나가 되어 아이의 행동수정을 위한 교육을 시작했다. 그렇게 1년을 보내고 우리가 기대한 만큼 달라진 것 같지 않아 실망할 무렵 헬렌켈러의 설리반 선생님과 같은 분을 만나게 되었다.

젊은 나이의 다이앤Diane 선생님은 몸은 왜소했지만 캘빈을 가르치겠다는 마음만은 누구보다 큰 분이었다. 당시 캘빈의 행동수정 목표 두 가지 중 눈맞춤에는 성공했지만 한곳에 앉아 있지 못하고 부산하게 다니는 행동은 여전히 수정되지 않았다. 행동수정을 위해 아이를 붙잡아두면서 다이앤 선생님의 팔에는 캘빈이 물고 할켜서 생긴 상처들이 있었다. 하지만 선생님은 개의치 않았고 반드시 할 수 있다는 의지를 보여주었다.

다이앤 선생님은 홀딩 테라피를 제안했다. 캘빈이 책상에 단 1초도 못 앉아 있었기 때문에 책상에 앉는 훈련부터 해야 했다. 아이를 앉혀놓고 1분을 앉아 있으면 아이가 원하는 것을 주겠다고 알려준 뒤 시간을 쟀다. 만약 아이가 의자에 앉아 있기를 거부하고 움직이면 움직이지 못하게 뒤에서 붙잡아야 했다.

처음에는 울고불고하며 선생님과 레슬링을 하는 것 같았다. 하지만 선생님을 믿고 견뎌보기로 했다. 첫날에는 2시간을 붙들어야 했고 캘빈이 바지에 오줌까지 쌌지만 선생님은 아이를 놓지 않았다. 이런 테라피는 아무나 할 수 있을 것 같지 않았다. 아이의 저항심이 낮아지면 의자에 앉혀놓고 1분간 가만히 있으라고 지시했다. 의자에서 움직였기 때문에 캘빈이 원하는 것을 할 수 없다는 것을 설명해주고 테라피는 끝이 났다. 그날 선생님이 가시고 캘빈은 화가 나서 울면서 잠이 들었다.

그 다음 날도 같은 방식으로 진행되었다. 의자에 캘빈을 앉히고 1분을 앉아 있으면 캘빈이 좋아하는 비디오를 볼 수 있고 과자도 먹을 수 있다고 알려주었다. 그러나 캘빈은 또다시 돌아다니기 시작했다. 선생님이 아이를 붙들면 어제와 같은 상황이 반복되었다. 그러더니 이번에는 선생님 얼굴에 침까지 뱉었다. 난감한 표정으로 다가가자 선생님은 단호한 표정으로 테라피 동안에는 아무 말도 말라며 보기 힘들다면 다른 방에 가 있으라고 말씀하셨다. 선생님은 아이의 행동에 반응하지 않은 채 소리 없이 뒤에서 붙잡고만 있고 캘빈은 벗어나기 위해 안간힘을 썼다. 하지만 반항하는 시간이 어제보다 조금 줄어들었다. 선생님은 어제와 똑같은 방식으로 아이에게 설명해주고 오늘도 캘빈이 움직였기 때문에 좋아하는 것을 할 수 없다고 얘기하고 돌아갔다. 캘빈은 분한 마음에 장난감을 던지고 소리를 질렀지만 나는 캘빈의 요구를 들어주지 않았다.

그렇게 테라피가 이어지는 동안 선생님이 아이를 잡고 있는 시간이 줄기 시작하더니 드디어 캘빈이 1분간 의자에 앉아 있기에 성공했다. 처음으로 1분을 앉아 있던 날 선생님이 큰소리로 칭찬하고 박수치는 모습을 보면서 눈물이 펑펑 났다. 행동을 고쳐가는 것은 아이가 세상에 다시 태어나는 것만큼 큰 고통이 따른다는 것을 알았다.

캘빈이 1분만 앉아 있으면 자기가 원하는 것을 받는다는 것을 이해하면서 앉아 있는 시간을 2분으로 늘려가고 나중에는 10, 20, 30, 40분씩 늘려가게 되었다. 처음 1분 앉아 있었을 때는 몇 초 안 남았는데 움직이려고 해서 선생님이 캘빈을 잡으려고 하면 바로 다시 의자에 앉아 스스로를 컨트롤하는 모습에 웃음이 나왔다. 이렇게 의자에 앉아 있는 시간이 늘어나면서 비로소 실질적인 행동응용분석 교육이 시작되었다.

한 문장을 배우다

의사소통이 불가능했던 캘빈이 책상에 앉아 있게 되면서 본격적인 훈련이 시작되었다. 아이가 말을 배우기 전 처음 시작한 것은 같은 색깔 짝짓기 연습이었다. 같은 색깔의 색종이를 둘로 잘라 각 10장씩 만들고 선생님이 먼저 시범을 보인다. 한쪽에 있는 색종이를 다른쪽으로 옮기면서 '매치match'라고 말하고 그 다음에는 아이와 함께 같은 방법으로 한다. 한 색깔로 시작해서 여섯 가지 색깔을 맞추는 연습을 6개월은 했던 것 같다. 캘빈이 짝짓기 개념을 이해하면서 11가지 색으로 늘려나갔다. 이렇게 개념을 이해하는 데는 6개월이 걸렸지만 그후 나머지 색깔들을 습득하는 시간은 별로 걸리지 않았다.

매치 개념과 색깔을 구분하는 능력이 생긴 다음에는 그림을 보면서 의사소통을 하는 연습을 했다. 카드로 동물, 사람, 장난감, 자동차, 음식, 직업 등을 구별하는 개념 연습을 하고 그 다음에는 직접 장난감을 가지고 구분하는 연습을 했다. 먼저 '나=자신'이라는 그림을 보여주고 '원한다'라는 그림, 그리고 '우유, 사과, 스낵, 컴퓨터' 등의 그림을 보여주면서 단어 하나하나를 입으로 따라 하는 연습을 했다. 연습한 단어들은 100% 활용할 때까지 반복했고 단어들을 연결하여 문장으로 만드는 연습도 병행했다. 예를 들면 '나는 우유를 원한다'라는 문장을 연습할 때 해당 그림들을 손가락으로 하나씩 찍는 연습을 시키고 이 과정이 끝나면 그림을 찍으면서 완벽하게 말할 때까지 연습시켰다.

집에서도 연습은 계속되었다. 아이가 말로 하지 않고 우유나 주스, 물, 과자 등을 집으려고 하면 못 하게 하고 그림을 하나씩 찍으면서 정확하게 말할 때만 원하는 것을 주었다. 당시 우리 집 벽에는 아이와 소통할 수 있는 그림들이 빼

그림을 가리키며 의사소통을 할 수 있는 플래시 카드(Mayer Johnson Symbols)

곡히 붙어 있었고 새로운 단어들을 배울 때마다 벽의 빈 공간들은 점점 더 작아졌다.

이렇게 의사소통이 눈과 손, 입으로 100% 이루어지면 다음 단계는 그림을 보지 않고 말하는 연습을 했다. 원하는 것을 그림을 보면서 말하면 주지 않고 그림을 보지 않고 말해야 주었다. 아이는 손가락으로 찍으면서 소통하는 버릇이 있어서 한동안 내 어깨나 선생님 손을 찍으면서 원하는 것을 말하곤 했다.

그리고 마지막 단계로는 손을 사용하지 않고 소통하는 연습을 했다. 아이가 손으로 무언가를 치면서 말하면 주지 않고 입으로만 말해야 주는 것이다. 이렇게 하나의 문장을 배우기 위해 3단계로 나누어서 차근차근 배워갔다.

–

응용행동분석 프로그램

응용행동분석 프로그램은 UCLA의 교수이자 임상심리학자 로바스I. Lovaas가 개발한 자폐아들을 위한 교육방법으로, 1980년쯤 처음 알려지기 시작했다. NECC 교장 선생님은 학부모 미팅에서 응용행동분석 프로그램을 통해 좋은 결과를 얻기 위해서는 매우 높은 강도로 실행해야 한다고 말씀하셨다(예: 일주일에 40시간). 캘빈의 경우 평균 5-60시간은 했던 것 같다. 한번은 캘빈의 행동이 너무 난폭해서 소아과 의사의 처방으로 행동조절 약을 먹인 적이 있는데, 효과는 있었지만 하루 종일 잔다던가 하루 중 반 이상을 우울해하는 부작용을 보여서 더 이상 약을 먹이지 않고 행동수정에 더 집중했다.

응용행동분석은 행동과 환경사건 사이의 기능적 관계를 확립해가는 과정이다. 우리가 원하는 바람직한 목표행동(예: 자리에 앉아 있기)의 발생을 조절해주는 환경사건(예: 컴퓨터 사건을 얻거나 얻지 못하는 것)을 조절함으로써 목표행동을 변화시키는 것이다. 이러한 과정에서 데이터를 체계적으로 수집하면서 지속적이고 반복적으로 집과 학교에서 교육을 진행한다. 자폐아들은 일반 아동처럼 무엇을 자연스럽게 인지하고 배우는 능력이 떨어지기 때문에 모든 개념들을 단계별로 나누어서 배워가야 했다. 그렇게 반복 훈련을 하다 보면 나중에는 스스로 응용할 수 있는 결과를 얻게 되었다.

많은 자폐아들이 그렇듯이 캘빈도 눈으로 습득하는 능력이 귀로 듣거나 손으로 만지면서 하는 학습보다 훨씬 빨랐다. 그래서 모든 단계를 그림으로 보여주면서 가르쳤던 것이다. 이 무렵 책상에 앉아서 무언가를 할 수 있게 되면서 과거 난폭했던 행동들도 조금씩 고쳐지기 시작했다.

칭찬과 교육

NECC에서는 아이를 칭찬하는 단어를 하루에 50개 이상 쓰도록 되어 있었다. 다이앤 선생님은 매일 6시간을 캘빈과 보내기 때문에 캘빈이 사용하는 책상과 사물함 안에는 용기를 주고 칭찬하는 단어 50개가 붙어 있었다. 대부분의 단어가 "잘하는구나", "너는 정말 훌륭해", "멋지구나" 등등 캘빈이 쉽게 알아들을 수 있는 것들이었다. 캘빈이 말을 곧잘 하게 되었을 때 집에서 칭찬하는 말을 안 하면 "엄마, 무슨 말이라도 해봐!"라고 요청하곤 했다. 물론 NECC에서 칭찬하는 법만 가르친 것은 아니었다. 아이가 잘못을 저질렀을 때 아무런 반응을 보이지 않고 무시하는 연습, 그리고 원하는 상을 왜 받지 못하는지 설명해주는 연습도 병행하였다.

가장 어려웠던 것은 공공장소에서의 예절을 가르치는 것이었다. 감정을 표현하는 그림들을 보여주고 여러 차례 설명했지만 공공장소에서 지켜야 할 행동을 익히는 것은 여간 힘든 게 아니었다. 아이는 도서관에서 왜 뛰지 말아야 하는지, 왜 조용해야 하는지 이해하지 못했다. 특히 주차장에서 뛰는 것은 굉장히 위험하므로 확실하게 가르쳐야 했다. 하루는 아이스크림을 먹으러 가면서 캘빈에게 주차장에서 뛰면 안 된다는 주의사항을 알려주었는데 차에서 내린 캘빈이 뛰기 시작했다. 우리는 아이를 그대로 차에 태운 채 돌아왔다. 아이스크림을 외치며 우는 아이에게 "너가 주차장에서 뛰었기 때문에 아이스크림을 먹을 수 없어"라고 알려주고 운전을 계속했다. 그렇게 울고불고하던 아이가 반복훈련에 의해서 조금씩 고쳐지더니 마침내 주차장에서 뛰지 않고 가족들이 다 내릴 때까지 기다렸다. 그 모습을 보고 '캘빈도 하면 되는 구나' 싶어 눈물이 핑 돌았다.

이렇게 행동이 하나씩 고쳐지면서 본격적으로 연필과 크레용 잡는 연습을 하게 되었다. 처음에는 크레용을 어떻게 잡는지 몰라서 주먹을 쥐고 그 사이에 크레용을 넣은 뒤 종이와 책상, 벽에 마구 선을 그렸다. 또 크레용을 다 잘라 놓아서 사방에 크레용이 굴러다녔다.

캘빈은 자기가 움직일 수 있는 것들이 제대로 놓여 있는 것을 싫어했다. 의자도 엎어놓고 책장에 꽂힌 책도 모두 흐트러뜨렸다. 책과 장난감을 가지고 놀 줄 몰랐을 때는 일렬로 줄을 세워놓고 삐뚤어지면 난리를 치더니 조금 커서는 주위에 있는 것들이 흐트러져 있어야 좋아했다. 이런 행동들도 연습과 반복훈련을 통해 고쳐 나가게 되었다.

3년 만에 공립학교로 돌아오다

이렇게 캘빈의 행동과 언어가 조금씩 나아지자 렉싱턴 초등학교 2학년으로 옮기는 것이 어떻겠냐는 제안이 들어왔다. NECC에 계속 보내면 좋겠지만 그렇게 되면 캘빈이 일반 친구들과 공부할 기회는 영영 사라질 수밖에 없었다. 어떻게 하는 것이 좋을지 매년 캘빈의 심리상태와 학습상태를 체크하는 의사 선생님과 상담해보았다. 그랬더니 공립학교에 다닐 인지능력은 있지만 학습능력과 언어능력이 떨어지므로 지금처럼 1:1로 돌봐줄 선생님이 함께라면 가능하다는 결론이 나왔다.

우리는 지역 담당자에게 원하는 조건의 선생님과 환경이 허락된다면 렉싱턴 초등학교로 옮기겠다고 했다. 하지만 지난 3년 동안 아이가 NECC와 집에서 눈물 나는 노력으로 배운 것들을 잊어버리면 어쩌나 걱정이 되었다. 다행히 렉싱턴 초등학교 교장 선생님은 캘빈의 변화를 꾸준히 관찰해온 분이었다. 캘빈이 NECC에 입학했을 때부터 매 3개월마다 학교를 방문하여 정보를 모아가셨다는 말을 전해듣자 비로소 마음이 놓였다. 그렇게 우리가 원하는 1:1선생님을 채용하고 NECC와 똑같은 교육 프로그램이 만들어져서 렉싱턴 초등학교로 옮기게 되었다.

캘빈은 여전히 아이들과 소통하는 데 어려움이 있어 다른 아이들과 함께할 수 있는 체육, 음악, 미술 수업부터 시작하기로 했다. 나머지 시간들은 캘빈이 뒤쳐진 언어학습에 중점을 둔 프로그램을 짜서 진행했다. 우리 부부는 일주일에 한 번씩 학교에 가서 아이의 학습 진행 상태를 체크했고 선생님도 주기적으로 집으로 오셔서 캘빈에게 필요한 것들을 가르쳤다.

이렇게 학교도 점점 변해가기 시작했다. 요즘에는 공립학교에도 자폐에 대한 지식이 풍부한 선생님이 많아지고 적절한 교육이 제공되는 것을 보면서 캘빈과 같은 아이들을 통해 학교에도 긍정적인 변화가 생겼음을 느끼게 된다.

—

알파벳과 끝없는 전쟁

캘빈이 알파벳을 연습하기 시작한 것은 NECC에서지만 렉싱턴 초등학교에 와서도 똑같은 방식으로 연습했다. 거의 2년 동안 하루 6시간씩 대문자를 연습하면서도 완벽하게 습득하질 못하는 모습을 보고 '우리 아이에게는 문자를 배우는 능력이 없는 걸까' 의문이 생긴 적도 있다.

마침 하버드 대학에서 뇌와 관련하여 박사과정에 있는 교회 친구와 이 문제에 대해 상의했다. 보통 머리가 좋다는 것은 뇌 안에 있는 고리가 잘 연결된 경우를 말하는데 캘빈은 그 고리가 연결이 안 되어 있는 것 같다고 했다. 하지만 그 고리에 수천 번씩 자극을 주면 고리끼리 서로 연결하려는 성질이 있으니 포기하지 말라는 말을 덧붙였다. 그 친구의 조언이 아니었다면 나는 캘빈에게 알파벳 가르치기를 포기했을지도 모르겠다.

또 자극이 되었던 것은 캘빈보다 2살 많은 '사라Sarah'라는 자폐 친구였다. 그 친구는 캘빈보다 키가 크고 몸집도 커서 한번 떼를 쓰면 어른 한 명으로 감당하기 힘들 정도였다. 사라의 부모는 저택에 살면서 매년 큰 파티를 열었는데, 처음 그 집에 초대되어 갔을 때 사라가 냉장고에서 라즈베리를 꺼내 동물처럼 양손으로 먹는 모습을 보고 충격을 받았다. 하지만 3년이 지난 후 사라가 캘빈 옆에 앉아 조용히 책을 읽는 모습을 보고 캘빈도 꾸준히 노력하면 점점 나아질 것이라는 희망이 생겼다.

그렇게 희망을 품고 2년 동안 알파벳 연습을 했지만 결과는 좋지 않았다. 나도 지쳤지만 캘빈이 가장 힘들었을 것이다. 학교에서 연습했던 것을 집에서 계속 반복해야 하는 아이의 심정은 어땠겠는가. 나중에는 엄마와 알파벳 연습을 하는 것이 싫다고 해서 1:1 보조선생님 니디Nidhi의 도움을 받았다.

그런데 어느 날 캘빈이 대문자 알파벳을 완벽하게 외우는 게 아닌가! 나는 내 귀와 눈을 의심했다. 캘빈이 해냈다는 것이 믿기지 않았다. 우연인가 싶어 알파벳 순서를 바꿔 물어봤지만 역시 완벽하게 대답했다. 그러나 대문자는 시작일 뿐이었다. 대문자만 배우다고 글을 읽고 쓸 수 있는 것은 아니기 때문이다. 다음 단계는 소문자와 발음을 가르치는 것이었다. 이번에는 또 얼마나 많은 시간이 걸릴까 막막했지만 시간은 예상 외로 단축되었다.

캘빈이 소문자를 알고 쓰기까지는 6개월이 걸린 것 같다. 대문자가 머리에 정리되니 소문자를 익히는 것은 그렇게 힘들지 않았나보다. 알파벳을 알아가면서 연필 잡는 연습도 병행했다. 처음에는 자기 고집대로 잡으려고 해서 선생님이 연필을 바르게 잡고 쓸 수 있는 기구들을 가져다주셨다. 그러자 선생님이 보는 곳에서만 기구를 사용하고 선생님이 가시면 다시 제멋대로 연필을 잡았다. 그렇게 자기 방식대로 연필을 잡으면서 글도 쓰고 그림 아닌 그림을 그리기 시작하였다. 처음에는 종이에 일직선도 제대로 긋지 못해서 점선을 이용해서 알파벳과 그림을 그렸다. 매일매일 점선용지 10장 가량을 사용하면서 알파벳 쓰기와 그리기를 연습했다.

문장을 만들어서 대화를 하다

알파벳을 익히고 나니 발음 연습은 생각보다 어렵지 않았다. 단어장을 사용해서 단어 밑에 빨간색 점을 찍어 만지면 느껴지게 하고 손으로 만지면서 발음을 알려주었다. 예를 들어 car라는 단어가 있다면 각 알파벳 밑에 도드라진 빨간 점을 만든 후 C는 크, A는 아, R은 르라고 읽는다고 알려줬다. 그리고 손으로 각 알파벳을 찍어 소리 나게 한 다음, '크아르'라고 혼자서 할 수 있을 때까지 반복했다. 이렇게 발음기호 대로 읽을 수 있으면 다음은 빨간 점들을 다른 색연필로 연결시켜서 '크아르'를 '카'로 한번에 연결해서 읽게 했다. 이해를 돕기 위해 cab, cat, cap 처럼 같은 발음이 나는 단어들을 짝지어 연습하고 그것이 자유자재로 되면 다음 단어로 넘어가는 식이다. 이렇게 계속 연습했더니 어느덧 캘빈이 어눌하지만 문장을 만들어서 대화를 할 수 있게 되었다.

더 나은 문장 연습을 위해 캘빈이 좋아하는 것과 관심 있는 것들로 작은 책을 만들었다. 주어는 빨간 종이, 동사는 노란 종이로 해서 문장이 어떻게 구성되는지 색깔로 구분해서 가르쳤다. 문장과 문장을 잇는 접속사는 형광 색종이를 이용했다. 그러자 처음에는 배운 문장만 사용하던 캘빈이 어느 날은 배운 문장에 다른 단어를 넣어 사용하기도 했다. 이때 캘빈이 가장 헷갈려 하던 것은 전치사였다. 이번에는 동생 하은이와 하은이 친구가 직접 나섰다. 옆에, 곁에, 위에, 아래 등을 동작으로 나타내면서 오빠의 전치사 공부를 도운 것이다.

말을 못할 때는 들판의 야생마로만 여겼는데 이젠 학교에서 있었던 일도 제법 수다스럽게 얘기한다. 무슨 영화를 보았는지, 무슨 꿈을 꾸었는지 얘기할 때는 언제 끝이 날지 기다려야 할 정도다. 물론 지금도 언어를 완벽하게 구사하는 것은 아니지만 캘빈의 문장은 다른 사람들처럼 자연스럽게 만들어진 언어가 아니기에 나는 캘빈의 말 하나하나가 귀하게 여겨진다.

Make up your own!
an an
an an
an an
an an
an an
(→) 스스로 만들어서 읽는 연습
(↘) 읽는 연습
(↓) 발음 연습
Our -an Words
fan
Read!
fan ban
can Dan
man pan
ran tan
van plan

읽기 연습

Words and sentences to read:

cat

sat

fat

am

at

bat

Sam sat.

Tam sat.

Tab sat.

A fat cat sat.

Phonology Guide **This page may be reproduced for student use.**

애리조나로 이사가다

캘빈이 10살 때 뇌 담당 선생님께서 간질약 복용을 중단해도 좋다고 하셨다. 아이가 조금씩 의사소통을 하고 의자에 앉아서 무언가를 할 수 있는 능력이 생겼을 때였다. 혼자서 책도 읽고 종이에 무언가를 그리려고 할 즈음 우리는 애리조나로 이사를 해야 했다. 나는 이사에 대한 걱정과 두려움이 앞섰다. 보스턴에 있는 공립학교 선생님들과 적응을 잘한 데다 훌륭한 언어치료 선생님까지 만나서 캘빈의 문장실력이 나날이 늘고 있었기 때문이다.

캘빈이 이사에 거부감을 갖지 않도록 우리는 이사 한 달 전부터 이사에 대한 개념을 알려주고 관련된 책을 읽어주면서 아이를 안정시키고자 했다.

애리조나는 보스턴과 모든 면에서 달랐다. 최근 조사에 따르면 중고등학교 수준, 학교 졸업률, 교사 봉급, 한 학생에게 주어지는 연평균 투자액 등을 기준으로 했을 때 애리조나의 순위는 끝에서 두 번째나 세 번째였다. 당연히 특수교육의 수준과 환경도 열악할 수밖에 없었다. 물론 돈으로만 모든 것을 평가할 수는 없지만 주정부에 내는 재산세의 대부분이 학군의 교육에 재투자되는 것을 감안할 때 애리조나의 교육 순위를 조금은 이해할 수 있었다.

그러나 시간이 지나면서 애리조나의 장애인에 대한 주정부 혜택이 보스턴보다 훨씬 좋다는 것을 알게 되었다. 보스턴에서는 미성년인 장애인에 대한 주정부 혜택이 부모의 수입에 따라 결정되지만 애리조나에서는 장애인 개인의 수입에 따라 결정되었다. 당연히 수입이 없는 모든 장애인들은 건강보험 및 다양한 혜택을 누릴 수 있었다.

자폐아마다 차이는 있겠지만 캘빈의 경우 애리조나 주정부에서 매달 $1000

정도의 보조금을 받았다. 이때 보조금은 부모에게 직접 주는 것은 아니고 치료사 혹은 치료 회사와 연계하여 캘빈의 언어 치료사, 작업 치료사, 보모 등에게 지급하는 시스템이었다. 보스턴에서 애리조나로 이사온 뒤에야 미국은 주마다 장애 혜택법이 다르기 때문에 잘 알고 찾아야 한다는 것을 깨달았다.

–

땅에서 기가 나오는 곳, 세도나

애리조나로 이사한 후 처음 1년은 새로운 장소에 적응하느라 마음에 여유가 없었다. 캘빈이 다닐 학교와 치료사를 찾느라 바빴고 애리조나 장애인들을 위한 보조 시스템을 알아보고 그에 맞는 서류도 준비해야 했기 때문이다. 그렇게 시간이 지난 뒤 우리가 사는 아와투키에서 북쪽으로 2시간 떨어진 곳에 세도나라는 유명한 관광지가 있다는 것을 알게 되었다.

세도나는 땅에 기가 흐르는 신비한 곳으로 많은 사람들이 치료를 위해 이곳을 찾는다고 한다. 캘빈도 이곳에 가면 좀 더 차분한 마음을 갖지 않을까 싶어 아이들을 데리고 세도나로 향했다. 지도를 보면서 찾아간 레드 록 산에는 황토물이 흐르는 계곡이 있어 가족 나들이로 오기 좋았다. 하지만 캘빈은 그 계곡에 가는 것을 싫어했다. 발에 이끼나 낙엽 같은 것이 닿기만 해도 소리를 지르면서 집에 빨리 가자고 보챘다. 캘빈을 달래서 물을 만져보게도 하고 좋아하는 간식도 줬지만 상황은 변하지 않았다. 나는 그때 캘빈에게 자연을 알려줘야겠다고 생각했다. 그동안은 학교와 집에서만 시간을 보냈기 때문에 자연을 알아갈 기회가 없었던 것이다.

눈을 볼 수 없는 애리조나에서 인공 눈을 가지고 놀며 즐거워하는 캘빈, 2007년

그렇게 매주 토요일마다 우리는 세도나에 갔다. 처음에는 계곡 근처에 앉는 것도 거부하던 캘빈이 시간이 지나면서 다른 아이들과 어울려 계곡에서 미끄럼틀도 타고 돗자리에 앉아서 도시락을 먹거나 낮잠도 잤다. 사실 세도나는 캘빈보다 내가 더 좋아했던 것 같다. 어렸을 때 가족끼리 주말이면 우이동 계곡에 가서 수박도 먹고 물놀이도 즐겼는데 세도나에 가면 그 기억이 생생하게 되살아났기 때문이다.

애리조나의 여름은 평균 40도 전후로 무더운 날씨지만 세도나로 올라가면 온도가 10도 이상 낮아서 선선했다. 아마 세도나가 없었다면 애리조나에 적응하는 데 훨씬 많은 시간이 걸렸을 것이다. 게다가 계곡에 흐르는 황토 물은 아토피를 앓고 있는 사람에게 특히 좋다고 들었다. 실제로 세도나에서 물놀이를 하고 돌아올 때면 피부가 많이 부드러워진 것을 느낄 수 있었다.

애리조나 장애인들을 위한 발달 장애인 부서

애리조나로 이사한 후 캘빈을 교육하는 데 시행착오가 많았다. 처음 1년은 학교에서 제공하는 언어치료와 작업치료 선생님들이 교육을 했지만 선생님과 1:1로 만나는 시간이 현저히 줄어들면서 그동안 교육받았던 것을 잊어버리지 않을까 불안해지기 시작했다. 그러던 중 애리조나 주정부에서 운영하는 발달 장애인 부서Division of Developmental Disabilities에서 장애인 가족에게 많은 후원을 해준다는 것을 알게 되었다. 보스턴에서 온 지 얼마 안 된 것을 감안해서 거의 모든 부분에서 지원을 받았던 것 같다.

프로그램을 시작하기에 앞서 발달 장애인 부서 매니저가 캘빈을 관리할 분과 함께 우리 집에 방문하였다. 그동안 캘빈이 어떤 교육을 받아왔는지, 앞으로 필요한 프로그램이 어떤 것들인지에 대해 함께 이야기했다. 우선 캘빈은 언어치료사, 체육교사, 작업치료사를 일주일에 1시간 지원받았다. 이 선생님들은 각자 속해 있는 회사가 있어서 쉽게 만날 수가 있었다. 그러나 선생님들의 경험과 능력이 관건이었다.

처음 몇 달은 캘빈과 맞는 선생님을 찾기 위해 인터뷰가 계속되었다. 정부 지원이 많다 보니 이러한 시스템을 이용해서 이윤을 챙기려는 회사도 더러 있었다. 프로그램은 화려한데 실속이 없는 경우를 여럿 보면서 선생님의 경험과 열정을 중점적으로 인터뷰했다. 어떤 선생님은 시간 약속을 안 지켰고 연락도 없이 오지 않는 경우도 있었다. 물론 장애아를 교육하는 일이 쉬운 것은 아니지만 기본적인 태도에 믿음이 가지 않는 사람에게 아이를 맡길 수는 없었다.

제일 기억에 남는 분은 휴식 테라피 담당이었던 마리아Maria 선생님이다. 주중에도 캘빈과 잘 놀아주셨지만 주말이면 선생님 댁에 캘빈을 데려가 다양한 경험을 쌓게 도와주셨다. 선생님은 뒷마당에 말, 돼지, 개, 닭, 염소 등을 길렀는데 동물에 관심이 많은 캘빈에게 최적의 환경이었다. 토요일이면 선생님 댁에 가서 온종일 놀다가 오후 늦게 집으로 돌아오곤 했는데, 선생님의 아들들도 캘빈에게 좋은 친구가 돼 주었다.

이렇게 마리아 선생님처럼 자기 집을 오픈해서 돌봐 주는 분을 만나게 되면 우리도 잠시나마 휴식을 얻을 수 있었다. 하루 종일 장애아를 돌보다 보면 우울증도 오고 육체적으로도 지치기 때문에 부모가 휴식할 수 있도록 배려하는 것 같아 어떤 프로그램보다도 좋았다.

발달 장애인 부서 매니저는 3달에 한 번씩 집에 방문해서 캘빈이 어떻게 프로그램을 활용하는지, 선생님들은 시간 약속을 잘 지키는지 등을 체크하고 1년에 한 번씩은 더 추가할 프로그램이 있는지에 대해 논의했다. 부모와 아이가 원하는 대로 수업 시간을 늘리거나 줄일 수 있는 것이다.

고마워요, 로디스 선생님

캘빈에게 맞는 학교를 찾아 헤매던 중 우리가 사는 아와투키에서 차로 40분 걸리는 파라다이스 밸리에 좋은 선생님이 계신다는 것을 알게 되었다. 캘빈은 하루 3시간 매주 3번씩 선생님 댁에 가서 언어와 숫자 개념을 배우기 시작했다.

로디스 선생님은 교육에 대한 특별한 열정이 있는 분이었다. 방학 때는 멕시코 해안 근처에 있는 자신의 별장에 가서 열악한 환경에 있는 멕시코 학생들을 가르쳤다. 캘빈을 가르칠 때도 환경이 좋지 않은 학군의 학교에 재직하면서 영어를 읽지 못하는 고학년 친구들을 따로 모아 방과후 지도를 하기도 했다.

선생님은 캘빈의 읽기와 쓰기 실력이 좋아질 때마다 칭찬과 선물을 아끼지 않았다. 하루 3시간의 수업 동안 캘빈이 지루하지 않게 중간중간 휴식도 하고 놀이 학습을 통해 쉽게 이해할 수 있도록 지도해주셨다. 때로는 선생님 댁이 아닌 서점이나 도서관에서 수업하기도 했다. 피닉스 공공도서관은 시내에 있어 복잡했지만 공공장소에서 어떻게 행동해야 하는지도 알려줄 겸 캘빈에게 좋은 배움의 장소가 될 것 같다고 하셔서 여름방학 때는 도서관에 있는 개인실을 예약해서 공부했다.

이렇게 로디스 선생님과 함께하는 3년간 캘빈의 읽기 능력이 1학년에서 3학년 수준으로 발전했다. 자폐아의 언어교육의 중점은 5W와 1H를 도움 없이 지속적으로, 정확하게 대답하는 것이다. 캘빈이 누가, 언제, 어디서, 무엇을, 어떻게, 왜라는 질문에 답을 한다면 더 이상 선생님과 공부할 필요가 없다고 하셨다. 우리는 캘빈과 대화할 때 "왜 그렇게 했어?", "왜 그렇게 생각해?"라는 질문을 자주 했지만 캘빈은 질문과 관계없는 대답을 늘어놓았다. 그 이후로 중학교에 가서도 '왜'라는 질문 연습은 계속되었다.

읽기 능력뿐만 아니라 숫자 개념도 점점 좋아졌다. 나는 캘빈과 함께 슈퍼에 가서 물건을 사는 것을 가르쳤다. 먼저 캘빈이 사고 싶어 하는 리스트를 작성하고 $5를 준 다음 카운터에서 돈을 내고 물건을 받아오는 연습을 시작했다.

오랜만에 로디스 선생님과 점심식사를 한 후, 2017년

처음에는 가격을 보지 않고 리스트에 있는 것을 아무거나 사는 바람에 계산대에서 돈이 모자라 나에게 도움을 요청했다. 같은 품목이라도 세일 상품으로 사는 게 낫기 때문에 가르쳐주었지만 자기가 골라온 물건을 제자리에 놓는 것으로 생각했는지 싫어했다. 처음에는 거스름돈에 대한 개념도 없어 물건만 챙기고 그냥 와버렸는데 로디스 선생님과 연습하더니 거스름돈도 곧잘 챙기기 시작했다.

—

개별화교육계획안과 가족지원 전문가의 역할

애리조나로 이사하고 학교를 여러 번 옮기면서 보스턴에서보다 더 많은 학교 미팅을 해야 했다. 개별화교육계획안IEP(Individualized Education Program)은 미국의 모든 장애인 학생에게 필요한 연간 교육계획안이다. 이 서류에 명시된 대로 교육을 실시하고, 교육이 잘 이루어졌는지에 대해 매년 IEP 미팅을 통해 확인한다. 그만큼 IEP는 장애인 교육에서 중요하다고 할 수 있다.

이렇게 수차례 반복되는 학교 미팅에서 그나마 시간을 절약할 수 있었던 것은 가족지원 전문가 일레인Elaine의 역할이 컸다. 일레인은 오랜 경험을 통해 애리조나의 어떤 학교 어떤 선생님이 유능한지, 어디가 장애인 교육에 유리한지를 훤히 꿰고 있었다. 일레인의 아들도 자폐아였는데, 본인이 직접 겪은 경험을 토대로 장애아를 둔 학부모들을 돕고 있다고 했다. 일레인은 캘빈이 중학교에 다니기 시작해서 고등학교에 올라갈 때까지 모든 미팅을 도와주었다.

모든 장애아 부모가 아이에게 최선의 교육 기회를 주기를 원하지만 이 분야

이번에 서류들을 정리하면서 캘빈의 IEP 미팅 서류와 응용행동분석 데이터 자료를 모아보니 4상자나 되었다. 나와 캘빈이 함께 걸어온 삶이 4상자로 축소된 느낌이었다.

에 전문가가 아닌 이상 미 장애인교육법 조항을 일일이 이해할 수는 없다. 즉 아이의 IEP를 보고 부모가 하는 질문과 가족지원 전문가가 하는 질문은 무게부터 다르다. 아이가 받아야 할 것을 받지 못했다는 생각이 들면 부모들은 감정을 실어 대화를 하게 되는데, 가족지원 전문가는 법에 비추어서 이야기를 하기 때문에 같은 질문이라도 얻어 낼 수 있는 결과가 많이 다르다. 특히 경험이 많은 가족지원 전문가는 한 아이만을 대변하는 것이 아니라 학군 안에 있는 수많은 장애아들을 동시에 대변하기 때문에 좋은 결과를 빨리 이끌어낼 수 있는 장점이 있다. 부모마다 IEP 미팅 능력이 다르므로 모든 사람이 가족지원 전문가의 도움을 받을 필요는 없지만 우리의 경우는 전문가의 도움을 통해 시간도 단축시키고 만족할 만한 결과도 얻을 수 있었다.

일레인 말로는 미국에도 자폐 진단을 받은 아동이 많이 늘고 있다고 한다. 캘빈이 처음 자폐 진단을 받은 1998년에는 1000명에 1명꼴이었는데, 2016년 질병대책센터 보고서에 의하면 68명 중 1명(남자아이는 42명에 1명)이라는 보고가 있다. 특히 요즘은 자폐에 대한 인식 수준이 높아지고 자폐가 범주성 장애로 정의되면서 조기에 진단을 받는 아이들이 늘고 있다. 물론 의학의 발달도 자폐아의 숫자 증가에 한몫하고 있다. 그나마 다행인 것은 캘빈이 처음 자폐 진단을 받았을 때 응용행동분석 방법이 널리 알려지지 않아 NECC라는 전문기관의 도움을 받아야 했지만 요즘은 공립학교에서도 자폐아에 대한 적절한 교육 서비스를 제공하는 것 같다.

—

좋은 선생님을 찾아 주말 가족이 되다

로디스 선생님과 3년을 보낸 후로 기억된다. 일레인이 시카고에서 경험 많은 특수교육 선생님이 오신다고 알려주었는데, 스카츠데일Scottsdale에 있는 중학교로 오신다는 것이다. 우린 고민 끝에 와닉 선생님이 온다는 스카츠데일로 이사하기로 했다. 남편은 우리가 원래 살던 아와투키에 남기로 하고 나머지 가족들은 캘빈의 학교를 위해 스카츠데일로 옮긴 것이다. 이렇게 1년 동안 같은 주에서 기러기 생활을 하다가 결국 남편도 스카츠데일로 와서 합치게 되었다.

와닉 선생님은 캘빈을 무척 예뻐하셨는데, 특히 캘빈의 순수함과 캘빈이 그리는 그림을 좋아하셨다. 우리는 선생님과 미팅을 하면서 캘빈이 중학교 생활을 어떻게 해야 할지 함께 고민했다. IEP 미팅에서도 캘빈에게 가장 필요한 것들 위주로 학과 프로그램을 짜고 일반 학생들과 함께할 수 있는 과목도 곁들여서 넣어주셨다. 또 일주일에 2번 정도는 방과 후 집에 들르셔서 캘빈의 부족한 부분들을 따로 지도해주셨다.

CHAPTER 3

다양한 경험을 하다

PIE
OOH
I SEE STAR
GOOD EVENING!
WHY YOU LITTLE!

스포츠를 배우다

캘빈이 말을 처음 타게 된 것은 5살 무렵 언어치료 선생님의 제안 때문이었다. 말을 타면 관계 및 정서에 도움이 될 것이라는 말에 우리 동네에서 40분 거리의 턱스베리Tewksbury라는 동네의 말 목장으로 향했다. 처음에는 캘빈의 나이가 어려 당나귀로 시작했는데 생각보다 균형을 잘 잡고 당나귀도 무서워하지 않아서 말을 타게 되었다. 그렇게 캘빈과 말의 인연은 6년간 이어졌다.

보스턴에서는 크로스컨트리 스키를 배워 스페셜 올림픽에 참가했던 캘빈이 애리조나에서는 승마로 참가하게 되었다. 애리조나는 카우보이들이 살았던 곳이라 말을 배울 수 있는 조건이 보스턴보다 훨씬 좋았다. 여기에는 장애아를 위한 승마 프로그램도 마련되어 있었는데, 장애아들을 위한 말은 대부분 장애를 가진 말이거나 나이가 많은 말이었다. 캘빈이 좋아했던 '팅커벨'은 하얀색에 이마에 검은 점이 있는 말로 캘빈과 호흡이 잘 맞았다. 말은 기수가 컨트롤하는 대로 움직이는데 어떤 때는 캘빈이 팅커벨에게 자기가 원하는 방향으로 가라고 소리를 지르기도 했다.

하은이도 말 타기를 좋아해서 함께 배웠는데, 나중에는 캘빈보다 진도가 빨라서 말과 함께 점프하는 단계까지 올라갔다. 아이들은 그 당시의 기억이 좋았는지 요즘도 가끔 팅커벨 얘기를 하곤 한다.

보스턴의 겨울은 춥고 스산하다. 폭설이 내리면 버스, 지하철 등 교통이 완전 마비되면서 온종일 집에 있어야 한다. 그런 날에는 좁은 집에서 캘빈과 하은이를 보는 일이 쉽지 않았다. 겨울 스포츠를 시작한 이유도 추운 겨울에 아이들의 에너지를 쏟을 곳이 필요했기 때문이다. 열심히 찾아본 결과 겨울에 인

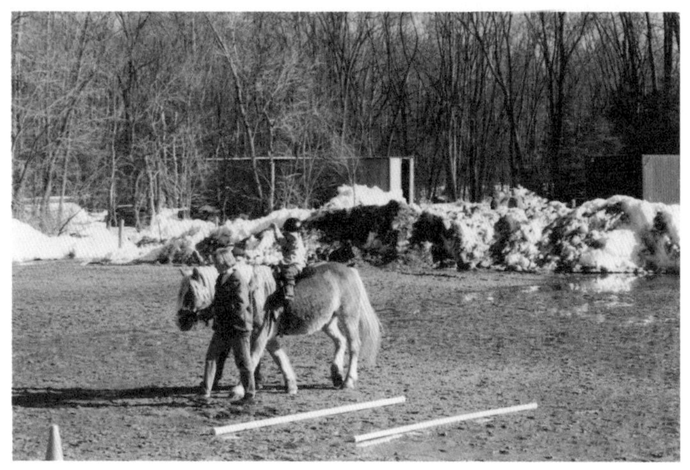

말을 처음 배울 때 사진. 처음에는 당나귀를 타기에 앞서 당나귀와 교감하며 같이 걷는 연습을 했다. 이후 당나귀가 가는 방향으로 리듬감 있게 중심을 잡은 다음에야 말을 탈 수 있게 했다, 보스턴, 2004년

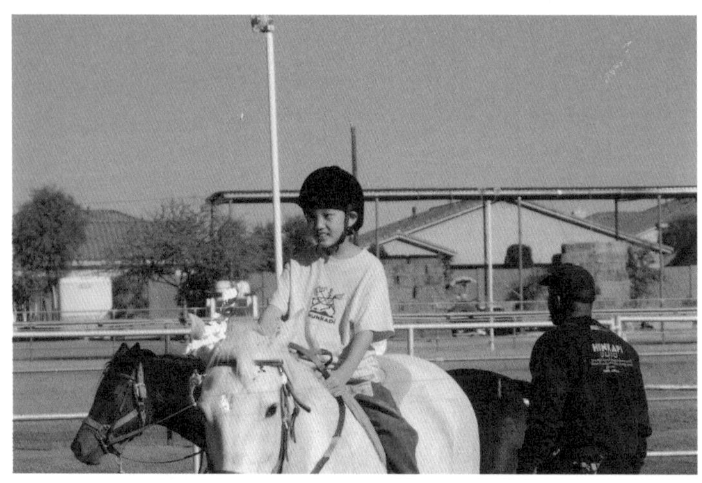

하얀색에 이마에 검은 점이 있는 '팅커벨'을 캘빈은 가장 좋아했다, 2006년

기가 많은 크로스컨트리 스키를 배우기로 했다. 자폐아들을 위한 스키 강습이 차로 3시간 거리에서 열렸지만 캘빈이 스키를 배워두면 훗날 스스로 즐길 수 있겠다는 생각이 들어 무리를 해서라도 강습을 받으러 갔다.

당시 캘빈은 6살이었는데 스스로 스키를 신거나 탈 수 없었다. 스키 신는 것조차 거부하는 캘빈이 과연 스키를 배울 수 있을지 걱정 반 기대 반의 마음으로 지켜보았다. 우선 3명의 선생님들이 눈에서 아이와 놀아주면서 스키를 타는 것이 즐거운 일이라는 것을 알게 한 후 캘빈을 보호하는 줄을 감아 한 명은 앞에서 두 명은 양쪽에서 잡고 내려왔다. 그랬더니 캘빈도 곧잘 따라했다.

이 일을 계기로 집 가까운 곳에 여름에는 골프장으로, 겨울에는 크로스컨트리 스키장으로 운영하는 곳이 있어 레슨을 시작하고 그해 스페셜 올림픽도 나가게 되었다. 나는 스키를 즐기지 않았지만 캘빈이 배우는 운동에 대해 정보를 얻기 위해 여러 가지 운동을 함께하게 되었다. 구기 종류나 팀 스포츠는 룰을 이해하지 못해서 주로 혼자 하는 스케이트나 스키, 수영 같은 운동을 했다.

여기에는 웃지 못할 에피소드도 있다. 스페셜 올림픽은 일반 올림픽과 달리 참가한 학생 모두에게 격려의 메달을 주고 경주를 완주했을 경우 등수대로 메달을 준다. 8명이 참가하는 경주에서 캘빈이 2등으로 들어와 은메달을 따게 되었다. 그런데 단상에 메달을 받으러 나간 캘빈이 갑자기 무릎을 꿇고 머리를 숙이며 두 팔을 하늘 높이 올리는 것이었다. 나는 왜 캘빈이 그 순간에 그런 돌발적인 행동을 했는지 알지 못했는데, 나중에 보니 디즈니 만화 영화 〈뮬란〉에서 무릎을 꿇고 두 손을 올려서 검을 받는 장면이 나왔다. 아마 캘빈도 메달을 검이라고 생각했던 것 같다.

우리가 사는 옆동네 월섬Waltham에는 장애인을 위한 실내 수영장이 있었다. 보스턴 시에서 장애인을 위해 만든 수영장으로 장애인과 그 가족들은 아무 때

애리조나 스페셜 올림픽 승마에서 2등을 한 캘빈, 2007년

나 사용할 수 있다고 했다. 우리는 일주일에 두세 번씩 수영장을 찾았다. 장애인이 사용하는 시설이라 물 속에 들어가는 것부터 안전했으며 와이어를 이용해 물 속으로 들어가는 시설도 있었다.

캘빈은 수영을 못해서 풀장 입구에서만 놀았다. 아이들이 주로 입구 쪽에서 놀기 때문에 나도 캘빈과 함께 옆에서 놀아주었는데 수영장이 어느 정도 익숙해지고 나니 더 깊은 곳에 가고 싶어 하는 눈치였다. 하지만 몇 번 시도해보다가 발이 바닥에 닿지 않으면 겁이 나는지 금새 얕은 곳으로 돌아오곤 했다.

다행히 구명조끼를 입으면 가라앉지 않는다는 것을 이해한 후로는 구명조끼를 입고 조금씩 수영하기 시작했다. 사실 수영이라기보다는 전형적인 개헤엄이었다. 머리는 물 위에 내놓고 물 밑에서 손발만 부지런히 움직였기 때문이다. 하지만 어느 순간부터 구명조끼를 입기 싫어해서 다른 도구를 사용해서 물에 뜨는 연습을 시켰더니 나중에는 혼자서도 수영을 하게 되었다.

캘빈 스스로 터득한 것이라 폼은 어설프지만 물에 뜨면서 몸을 자유자재로 움직일 수 있게 된 것 자체가 엄청난 발전이었다. 이렇게 열심히 수영을 하고 온 날은 허기가 지는지 밥도 잘 먹었다. 주로 수영장 근처에서 간단한 외식을 했는데, 캘빈은 수영 가는 날이 프렌치프라이나 프라이드치킨을 먹는 날이라고 생각하는 것 같았다.

드디어 디즈니랜드

캘빈이 크면서 어느 정도 행동이 수정될 무렵 하은이가 플로리다에 있는 디즈니랜드에 가자고 졸라댔다. 미국에서는 방학이 지나면 하은이 또래 친구들이 대부분 디즈니랜드에 다녀온다. 친구들의 얘기를 들을 때마다 졸라대는 하은이 탓에 디즈니랜드 방문을 더는 미룰 수가 없었다.

우선 캘빈에게 비행기 타는 법과 디즈니랜드에서 어떻게 행동해야 하는지를 가르쳐야 했다. 의사 선생님께 디즈니랜드에 간다고 말씀드렸더니 여행용 자폐 진단서를 만들어 디즈니랜드에 제출하면 스페셜 패스를 받을 수 있다고 알려주셨다. 목에 거는 스페셜 패스를 보여주면 줄을 서지 않고 바로 입장할 수 있다는 것이었다.

미국에서 여행을 하려면 비행기 타는 것에 먼저 익숙해져야 한다. 캘빈이 생후 7개월 때 비행기를 타고는 첫 비행인 데다 하은이와 같이 가는 것이라 더 신경이 쓰였다. 당시 하은이는 오빠가 이상한 행동을 하는 것에 대해 두려워했기 때문이다. 좁은 비행기 안에서 캘빈이 소리라도 지르면 어쩌나 하는 생각에 여행을 떠나는 마음이 종일 무거웠다. 혹시 모르니 비행기에서 재울 수 있는 약도 처방받았는데 실제로 약을 쓸 일은 일어나지 않았다.

디즈니랜드는 미국뿐만 아니라 전 세계 사람들이 오는 곳이다. 특히 우리가 갔던 플로리다 디즈니랜드는 캘리포니아에 있는 디즈니랜드보다 훨씬 커서 전체를 구경하는 데만 여러 날이 걸린다고 한다. 나는 의사 선생님이 알려준 대로 인포메이션에 가서 캘빈의 자폐 진단서를 보여주었고 스페셜 패스를 받게 되었다. 이 패스는 장애인과 그 가족들에게 주는 특별 혜택 패스였다.

새로 만들어진 놀이기구를 타는 데 2시간 이상 줄을 서야 했지만 장애인 전용 라인에서 패스를 보여주고 바로 탑승할 수 있어서 마치 VIP가 된 듯한 착각이 들었다. 아침 10시에 입장해서 타고 싶은 놀이기구를 다 타도 오후 2시면 끝낼 수 있었다. 너무 힘든 날에는 호텔로 가서 낮잠을 자고 다시 입장하는 등 느긋하게 보고 즐길 수 있었다.

캘빈도 첫날에는 긴장한 표정이더니 어느덧 사람 많은 곳에 적응도 하고 놀이기구도 재미있게 탔다. 그동안 디즈니랜드를 가기 위해 긴장했던 것들이 하나씩 풀리면서 나도 마음의 여유를 되찾았다. 준비만 잘하면 우리 캘빈도 긴 여행에 잘 적응하는 것을 보고 또 다른 여행을 꿈꿀 수 있게 되었다.

—

한국을 방문하다

캘빈이 13살 때로 기억한다. 캘빈의 상태가 점점 좋아지면서 한국을 방문할 기회가 생겼다. 보통 자폐아들의 교육은 지속되지 않으면 지금껏 배운 것들을 금방 잊어버리게 된다. 그래서 방학 때도 교육을 받느라 쉬어본 적이 없는데 마침 동생 하은이가 한국을 방문할 기회가 생겨 함께 방문한 것이었다.

한국에 온 하은이는 일반 초등학교에 들어가서 한국어를 배우고 캘빈은 매일 버스를 타고 침을 맞으러 다녔다. 혈액순환과 집중력 향상에 좋다는 얘기를 듣고 침을 맞은 것이었는데 캘빈은 그 이후로 한국에 대한 인상이 안 좋다. 지금도 한국 얘기를 하면 자기는 괜찮으니 우리만 다녀오라고 한다.

첫 한국 여행이라 힘든 점이 많았는데 음식이 입에 맞지 않아 더 힘들어 했다. 혹시나 해서 미국에서 아이가 좋아하던 음식 재료들을 준비해갔는데 많은 도움이 되었다. 캘빈이 어릴 때부터 한국 음식을 먹여보려고 애를 썼지만 이유식 때만 잠깐 먹더니 그 이후로는 시도조차 하지 못했다. 그중에서도 특히 김치를 싫어했는데 캘빈에게는 그럴 만한 이유가 있었다. 아이가 어릴 때 너무 밥을 안 먹기에 김치 국물에 물을 타서 먹이면 입맛이 돌아온다는 얘기를 듣고 억지로 먹였던 적이 있다. 그 이후로 캘빈은 밥상에 올라오는 김치만 보면 입을 가리고 도망친다. 캘빈에게 한국 음식, 특히 김치는 평생 넘어야 할 큰 산처럼 보인다. 지금 생각해보면 물 탄 김치 국물을 억지로 먹이려고 했던 나의 무지함에 쓴 웃음만 나온다.

미국에서는 어딜 가든 차로 이동해야 했지만 한국에서는 대중교통을 이용해야 했다. 사람들이 붐비는 시간에 대중교통을 타서 시끄럽게 떠들거나 자기만의 세계에 빠져 있으면 여기는 공공장소니까 조용히 해야 한다고 알려주었다. 사람들은 계속 캘빈을 흘끔거렸지만 이런 시선이 어쩌면 당연한 건지도 모른다. 사람들의 시선을 의식하지 못하는 캘빈이 문제이기 때문이다. 한국 지하철은 공공장소 예절을 가르치기에 좋은 훈련 장소였다. 애리조나에서는 이렇게 많은 사람들이 작은 공간에 모여 있을 일이 없는데 출퇴근 시간의 한국 지하철은 얘기가 달랐다.

처음에는 우리 둘 다 잔뜩 긴장한 채로 지하철에 탔다. 캘빈도 조심하려고 노력하고 나도 신경이 꽤 쓰여서 캘빈이 좋아하는 게임기나 잡지를 챙기곤 했다. 하지만 몇 주가 지나서는 오히려 캘빈이 나에게 "엄마, 지하철에서는 조용히 해야 돼요"라고 말해서 웃었던 기억이 있다.

요리를 좋아하는 캘빈

어릴 때부터 먹는 것을 싫어했던 캘빈은 얼굴에 검버섯도 생기고 칼슘 부족으로 치아도 잘 나오지 않았었다. 어떤 때에는 불량식품이라도 먹어주면 좋겠다 싶을 정도로 먹는 것에 관심이 없었다. 그러다 보니 또래에 비해 키도 작고 몸도 말라서 영양사 선생님께 상담을 요청했다. 그랬더니 선생님은 캘빈이 음식을 먹지 않더라도 시각적으로 인지할 수 있게 여러 가지 재료를 보여주라고 하셨다. 눈에 익기 시작하면 결국은 조금씩 먹기 시작한다는 것이었다. 집에 돌아가자마자 캘빈이 평소 싫어하는 야채 순으로 식탁에 올려 놓았다. 당근, 오이, 피망 등을 예쁘게 썰어서 놓았지만 캘빈은 특별한 반응을 보이지 않았다. 야채를 먹으면 좋아하는 비디오도 볼 수 있게 해주겠다고 아이를 설득했지만 그렇게 억지로 먹이고 나면 바로 그 자리에서 토하기 일쑤였다. 야채 특유의 냄새와 식감이 캘빈을 괴롭히는 것 같았다.

그러다 문득 비디오를 이용하면 어떨까 하는 생각이 들었다. 평소 비디오 보는 것을 좋아하는 캘빈에게 뽀빠이 비디오를 틀어주었더니 어느 날 갑자기 시금치를 사러 가자는 것이 아닌가? 뽀빠이처럼 시금치를 먹어야 힘이 세진다는 것을 알게 된 것이다. 캘빈과 시금치를 사온 후 나는 고민에 빠졌다. 어떻게 요리를 해야 캘빈이 먹을 수 있을지 몰랐기 때문이다. 시금치 나물을 만들면 시금치 특유의 향 때문에 다시는 먹지 않을 것 같아서 시금치를 잘게 썰어 된장국에 넣었다. 당시 캘빈은 된장국을 즐겨 먹었는데, 시금치 냄새가 나지 않았는지 한 그릇을 다 비웠다. 어쩌면 맛이 있어서가 아니라 뽀빠이처럼 되기 위해서 억지로 먹었을 수도 있지만 일단은 성공이었다.

그 다음부터는 캘빈과 요리 방송을 함께 보면서 내가 직접 요리하는 모습을 보여주었다. 한국에서 요리 강사로 활동하시는 분이 보스턴에 방문할 기회가 있어 그분에게 1년간 정식으로 요리를 배우면서 집에서 손님을 맞는 일이 많아졌다. 요리에 관심이 없던 내가 캘빈 덕분에 요리를 좋아하는 사람으로 변한 것이다.

하지만 언제까지 내가 요리를 해 줄 수는 없는 일이었다. 이제 캘빈이 직접 만들 수 있게 가르쳐야 했다. 우리는 먼저 인터넷으로 레시피를 찾은 후 함께 요리하기 시작했다. 캘빈이 좋아하는 파스타 삶는 법과 계란 후라이, 스테이크는 간단하면서 쉽게 할 수 있는 음식들이다. 요즘에는 오븐 쓰는 법도 가르치고 있다. 이제는 내가 바쁠 때면 캘빈 스스로 장을 본 뒤 직접 요리를 한다. 물론 단점도 있다. 스스로 음식을 만들다 보니 자기가 좋아하는 것만 먹는 것이었다. 내가 집을 비우는 날이면 삼시 세끼를 스테이크만 구워 먹는다. 앞으로는 먹고 싶은 음식만 먹는 것이 아니라 영양가 있는 식단 짜는 것을 가르쳐야 할 것이다.

살빼기 하이킹

옛날에는 그렇게 안 먹어서 우리를 걱정시키더니 이제는 스스로 요리해 먹으면서 스테이크, 파스타, 파마산 치즈 등 고칼로리 음식만 먹어서 걱정이 되었다. 어느 날 샤워하고 나오는데 중년 아저씨처럼 배가 나와서 우리가 잠시 할 말을 잊었던 적이 있다. 그림을 그리면서 운동하는 횟수가 준 데다 고칼로리 음식만 먹으니 당연한 결과였다. 심각성을 깨닫고 애리조나에 있는 장애인들을 위한 운동센터 프로그램에 캘빈을 참가시켰다. 하지만 캘빈은 농구를 시작하고 얼마 안 돼서 벤치로 돌아왔다. 숨이 차서 뛸 수가 없는 모양이었다.

이곳 운동센터는 다양한 프로그램들로 운영되고 있었다. 실내 암벽등반부터 수영장까지 다 갖춰져 있어 마음만 먹으면 언제든 운동할 수 있었다. 문제는 운동센터까지 데려다주고 데려오는 것이었다. 집에서 거리가 먼 데다 캘빈이 통 운동에 관심을 보이지 않았기 때문이다. 궁리 끝에 우리는 다 같이 하이킹을 하기로 했다. 애리조나에는 하이킹을 할 만한 곳이 많다. 집에서 차로 5분 거리에 있는 촐라Cholla 등산길에서 산을 타기 시작했다.

처음에는 토요일 아침 5시 30분에 일어나서 6시부터 산을 타기 시작했는데 캘빈의 불만이 이만저만이 아니었다. 촐라 등산길에는 산의 높이를 알려주는 포스트가 1번부터 26번까지 있다. 산에 오르기 전이면 캘빈은 몇 번까지 올라가겠다고 하고 우리는 조금 더 가야 한다고 말하면서 아침마다 전쟁이었다. 새벽에는 해가 아직 뜨기 전이라 머리에 헤드램프를 착용하고, 먼지가 많은 돌산이라 마스크도 착용해야 했다. 그렇게 일주일에 5번씩 세 달을 꼬박 했더니 살이 많이 빠졌다. 날이 풀리면 다시 할 예정인데 캘빈은 벌써부터 하기 싫은 표정이 역력하다.

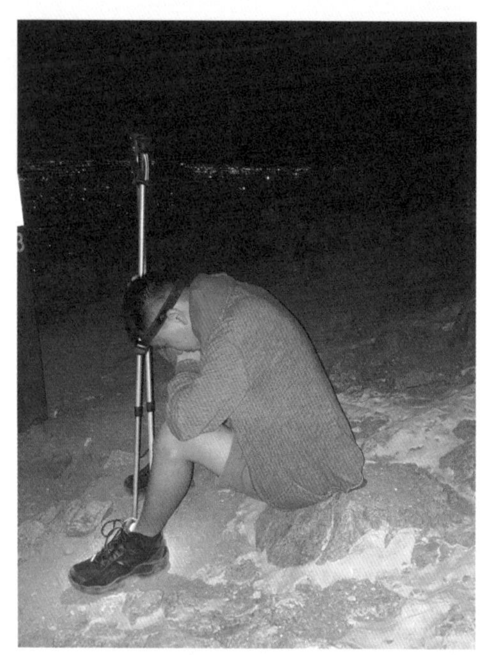

첫 달 15일 동안의 하이킹 결과: 55957보, 2043칼로리, 38.36킬로미터, 8시간 54분, 2016년, 겨울

영화관에 가기

캘빈은 9살까지 영화관을 갈 수가 없었다. 처음 온 가족이 영화관에 갔다가 진땀을 뺀 일이 있었다. 영화관이 어떤 곳인지 모르고 따라갔던 캘빈이 갑자기 난폭해지면서 영화관에 들어가지 못했고 하은이는 영화를 보겠다고 울었다. 그날 영화를 보지 못한 하은이는 울다 지쳐 잠이 든 채 집으로 돌아왔다.

처음에는 캘빈이 영화관을 싫어하는 이유를 몰랐다. 선생님과 충분히 상의한 뒤 영화관 가는 연습을 먼저 하기로 했다. 영화관 주차장에서 재미있는 놀이를 하면서 영화관에 오는 것은 재미있는 일이라는 인식을 심어주고 어느 정도 익숙해지면 영화관 입구까지 가는 식이었다. 그 다음 주에는 영화관 입구에서 로비까지 들어갔지만 여전히 영화 보는 것은 거부했다.

처음에는 영화관 소리 때문일 것이라는 생각이 들어 영화관에 비치된 큰 헤드폰을 끼고 들어가 보았지만 아이는 금방 달아나버렸다. 그렇다면 영화관 크기가 문제인가 싶어서 동네에 있는 작은 영화관에 가보기로 했다. 마침 캘빈이 좋아하는 공룡 영화가 상영중이어서 쉽게 들어갈 수 있었다. 하은이도 같이 갔는데 오빠 때문에 많은 피해를 본 터라 자기는 혼자 알아서 볼 테니 밖에서 기다리라고 했다. 하은이는 영화관에 들어가서 영화를 보고 캘빈은 문을 열고 화면을 보다가 무서우면 금방 나오고 또 궁금하면 다시 들어가기를 반복했다. 지금 생각해보면 영화관의 큰 소리와 스크린이 무섭게 느껴졌던 것 같다.

그 영화를 끝으로 보스턴에서는 더 이상 영화관에 간 적이 없다. 나중에 애리조나에 와서 집 근처에 영화관이 있길래 같이 갔는데, 그때는 영화가 끝날 때까지 다 볼 수 있었다. 하루는 조조영화를 선택해서 캘빈을 혼자 들여보낸 적이 있다. 캘빈이 좋아하는 팝콘과 음료를 사준 후 영화볼 때 조용히 하라는 주의를 주고 나는 차로 돌아갔다. 영화가 끝나자 기분이 좋아서 영화관 밖으로 나오는 캘빈의 모습을 보니 안심이 되었다. 그날 이후 캘빈은 영화를 혼자 즐기기 시작했다. 나도 이제는 영화관 밖에서 기다리지 않고 영화관에 아이를 내려준 후 영화가 끝날 시간에 맞춰 데리러 간다. 언젠가 캘빈과 함께 영화를 볼 친구가 생기기를 기대해보지만 혼자서도 이렇게 재미나게 즐기니까 다행이다. 그만큼 캘빈도 커가고 적응하고 있는 것이라는 생각이 든다.

–

크리스마스 뮤지컬에 출연하다

우리가 다니는 스카츠데일 바이블 교회는 매년 크리스마스 연극과 뮤지컬 공연을 한다. 2009년에 이 교회에 처음 와서 공연을 보고는 뉴욕의 브로드웨이 수준이라고 생각했는데 실제로 매년 매 공연마다 완석이 되곤 했다. 올해는 캘빈도 이 뮤지컬에서 역할을 맡았다. 장애인을 위한 레이저 악기를 만들어 지역 학교에 무상으로 보급하는데 캘빈이 오케스트라와 함께 시범 공연을 하는 것이다. 처음에는 이 악기를 어떻게 사용하는지 의아했는데 악보를 못 보는 장애인들도 연주할 수 있도록 제작되어 있다고 했다.

뮤지컬 리허설은 많은 시간을 기다려야 하기 때문에 혹시 캘빈이 안 하겠다고 할까봐 걱정이 되었다. 다행히 기다리는 것을 힘들어 하는 캘빈을 위해 솔로와 중창단원 대기실을 내어주셔서 마치 유명 솔로 연주자 같은 느낌이 들었다. 캘빈은 거기서 그림도 그리고 낮잠도 잤는데 부목사님과 찬양대원들이 와

파스칼 선생님과 함께한 Winter Wonder 공연, 2016년

서 격려해주곤 했다.

공연을 거듭할수록 캘빈의 무대 매너가 좋아지고 관중들과의 호흡을 즐기는 것 같은 느낌을 받았다. 마지막 날 공연은 마치 지휘자처럼 오케스트라에게 큐사인까지 주면서 연주를 했다. 레이저 악기도 자유자재로 연주하고 오케스트라에 맞춰 춤도 추면서 즐기는 모습에 많은 분들이 격려와 칭찬을 해 주셨다.

공연이 다 끝난 다음 캘빈의 첫 마디가 기억난다. "이제 다 끝났어요. 더 이상은 못해요!" 표현하지 않았지만 내심 스트레스가 쌓였던 것 같다. 총 8회 공연인 데다 주말에는 하루 2번씩 해야 했기 때문이다. 그래도 캘빈이 이렇게 큰 무대에도 서 보고 많은 사람들에게 박수를 받는 모습을 보면서 보람도 느끼고 모든 것이 감사했다. 아마 많은 분들의 도움과 배려가 없었더라면 불가능한 일이었을 것이다. 마지막 연주 날에는 감사의 선물로 한국 음식 잡채와 만두를 가져가서 뮤지컬 쫑파티를 했다.

생각하는 대로 말하는 캘빈

공연 리허설이 진행되는 동안 캘빈의 그림을 구경하러 많은 분들이 대기실로 찾아오셨다. 그중 키가 크고 뚱뚱한 부목사님이 계셨는데, 캘빈이 "목사님 과체중이죠?"라고 물어서 옆에 있던 파스칼 선생님이 몹시 당황하셨다고 한다. 다행히 목사님이 "그래, 내가 좀 나가지" 하시며 "뭘 그리는 거야?"라고 자연스럽게 넘기셨다고 한다. 캘빈이 순수해서 자기 생각을 그대로 표현한다고 했지만 이제는 말을 좀 가려 했으면 좋겠다 싶은 순간이 한두 번이 아니다.

중학교 때도 임신한 보조선생님 배를 툭툭 치면서 "어떻게 된 거예요?"라고 했던 적이 있다. 선생님께서는 "캘빈, 선생님이 아가를 가져서 그래"라고 설명해주셨다. 그런데 그게 끝이 아니었다. 와닉 선생님에게 가더니 배를 툭툭 치면서 "선생님도 임신하셨어요?" 하고 물어본 것이다. 와닉 선생님은 웃으면서 "아냐, 캘빈. 나는 임신한 게 아니고 그냥 살이 찐거야"라고 하셨다.

이런 에피소드는 셀 수 없이 많다. 이제는 캘빈도 말로 표현할 것과 하지 말아야 할 것을 배워야 한다. 이것은 단순히 말하는 것을 넘어 상대방의 마음을 읽고 말해야 할지 말지를 판단해야 하는데 어떻게 가르칠지 막막하다.

요새는 공공장소에서 큰소리로 말하면 안 된다는 것과 사람을 가리킬 때 손가락질하면 안 된다는 것을 가르치고 있다. 그러면 캘빈은 입을 손으로 막고 모두가 들을 수 있는 큰소리로 "엄마 저 사람 뚱뚱해요!"라고 한다. 캘빈이 비만인 사람에게 집착을 하는 이유를 모르겠다. 그래서 그런지 캘빈 그림에는 뚱뚱한 사람들이 꼭 나온다.

—

거짓말까지? 설마!

학교에서 컴퓨터 사용방법과 타이핑을 배우면서 캘빈이 집에서 컴퓨터를 사용하는 시간은 점점 늘어갔다. 그러던 어느 날 와닉 선생님께 연락이 왔다. 아이가 밤늦게까지 컴퓨터를 사용하면서 학교에서 힘들어한다는 것이었다. 우리는 컴퓨터 쓰는 시간을 조절하기로 하고 저녁 8시가 되면 캘빈의 컴퓨터가 자동으로 꺼지게 설정해놓았다.

그때부터 캘빈의 거짓말이 시작되었다. 저녁 식사 시간에는 배가 안 고프다고 하더니 저녁 8시까지 컴퓨터를 한 다음에 부엌에 내려와 혼자 저녁을 차려 먹는 것이었다.

와닉 선생님은 캘빈이 학교에서도 거짓말을 한다고 했다. 수업시간에 화장실이 가고 싶다고 해서 보내주었더니 아무리 기다려도 안 오더라는 것이었다. 몰래 가보았더니 화장실에서 혼자 떠들면서 놀고 있었다면서 공부가 하기 싫어서 거짓말을 했다는 게 귀엽다고 말씀하셨다. 나는 캘빈이 거짓말을 했다는 사실에 깜짝 놀랐다. 이 상황을 좋아해야 할지 화를 내야 할지 잠시 혼돈이 왔다. 보통 자폐아들은 배운 대로만 행동하는데 배우지도 않은 거짓말을 한다는 것이 놀라웠고, 하기 싫은 공부를 피해보려고 거짓말을 생각해냈다는 사실이 신기했다.

그렇지만 자칫 습관이 될 수도 있다는 생각에 거짓말은 아주 나쁜 것이라고 알려주고 또 거짓말을 하면 컴퓨터 시간을 줄이겠다고 했다. 그리고 캘빈은 그 이후로 거짓말을 하지 않았다.

기억력

중학교에서는 졸업을 위해 필수적으로 이수해야 할 과목들이 있었다. 특수학교 아이들이 왜 이런 과목들을 해야 하는지 이해하지 못했는데 그중 하나가 자연과학이었다. 별의 이름과 동식물의 생태계 등을 아이가 이해할 수 있을지 걱정이었지만, 와닉 선생님은 학교 규정이므로 꼭 들어야 한다고 말씀하셨다.

그런데 신기한 것은 캘빈이 자연과학 퀴즈에서 항상 100점을 받는 것이었다. 학교 숙제가 있을 때도 원래는 내가 인터넷을 찾아서 먼저 이해한 다음에 캘빈에게 가르쳐줬는데, 자연과학 숙제는 벌써 다 배운 사람처럼 답을 써내려갔다. 깜짝 놀라 선생님께 말씀드렸더니 수업시간에 별로 집중해서 듣지도 않는다는 것이었다.

언어는 문법이나 스펠링, 발음 등 논리적으로 생각해야 하는 과목이고 수학은 공식을 이용하거나 질문을 이해해야 문제를 풀 수 있는데 캘빈은 이런 과목들을 항상 힘들어했다. 그런데 자연과학은 숙제도 쉽게 하고 시험도 잘 봐서 신기했다. 그러고 보니 캘빈이 어릴 때부터 남달리 기억력은 좋았던 것 같다.

세계사 수업은 매일 숙제가 있었는데 아이 혼자서는 할 수 없고 엄마나 아빠의 도움이 필요했다. 한번은 너무 피곤해서 숙제하는 것을 깜빡 잊고 잠이 들었는데, 캘빈이 새벽 1시쯤 나를 깨워서 숙제를 해야 한다는 것이었다. 내가 잠결에 안 해가도 된다고 하니까 결국 안방 불을 키고 나를 깨워서 숙제를 끝내고야 다시 자러 갔다. 자폐아들은 항상 자기가 아는 대로 시작하고 끝나야 하는데 숙제를 안 하는 것은 자신의 일상 스케줄에서 벗어나는 것이기에 이를 용납하지 못했던 것 같다.

이렇게 필요하지 않은 과목에도 관심을 보이고 이해하려고 애쓰는 모습을 보면서 캘빈이 앞으로 더 많은 것을 할 수 있겠다는 희망을 가질 수 있었다.

—

자연의 이치

중학교에 들어가면서 캘빈의 호르몬이 바뀌는 사춘기가 왔다. 하루는 캘빈의 남자 보조선생님에게 연락이 왔는데, 캘빈의 속옷을 바꾸어주는 것이 좋겠다고 했다. 사춘기가 되었는데 아직 아동용 속옷을 입고 다녔기 때문에 다른 친구들이 캘빈을 보고 웃는다는 것이었다. 또 캘빈이 소변을 볼 때 어린아이처럼 엉덩이를 내보이며 무릎까지 바지를 내린 후 소변을 본다고 했다. 나는 그날로 캘빈의 속옷을 바꾸어 주고 남자가 어떻게 소변을 봐야 하는지도 알려주었다.

그 전에는 캘빈이 엄마 아기라고, 자신은 보스턴에서 아기로 태어났다는 말을 줄곧 하더니 사춘기가 되면서 아기가 아니라 소년이라고 했다. 캘빈이 나쁜 행동을 할 때마다 "캘빈, 아직 아기구나?"라고 하면 엄청 싫어했다. 그러더니 자기는 아기가 아니라 소년이라고 하면서 소리를 질렀다.

나는 캘빈에게 남자의 신체 변화와 성에 대해 어떻게 설명해야 할지 고민했다. 캘빈의 행동이 아직 어린애 수준이어서 사춘기를 맞이하는 것에 대해 미처 생각하지 못했는데 자연의 이치는 변함없이 캘빈에게도 찾아왔다. 다행히 자폐 청소년을 지도한 경험이 많은 와닉 선생님의 도움으로 사춘기를 잘 넘길 수 있었다. 선생님은 캘빈이 자기 몸의 변화를 자연스럽게 받아들일 수 있게 도와주셨다.

또 와닉 선생님은 화가 날 때 감정을 컨트롤하는 방법도 알려주셨다. 선생님은 캘빈에게 화가 날 때는 말을 하지 말고 짧은 편지에 생각과 감정을 적으라고 하셨다. 그러자 방과 후 공부를 할 때 캘빈이 전혀 말을 하지 않고 짧은 쪽지만 주고받으면서 감정을 컨트롤하는 연습을 하는 것을 종종 볼 수 있었다.

–

위기 상황 대처법을 배우다

캘빈이 문장을 읽고 대화를 할 수 있을 무렵, 집 주소와 우리 이름, 전화번호를 하루에 한 번씩 연습시켰다. 아이는 왜 이것을 반복해서 외워야 하는지 이해하지 못했지만 돌발상황에 처했을 때 스스로 판단하고 도움을 요청할 수 있도록 기본적인 것들을 더 연습시켜야 했다. 디즈니 만화 영화를 보면서 도둑이 어떤 사람인지, 낯선 사람에게 어떻게 해야 하는지 가르치고 사람이 많은 곳에서 엄마나 아빠를 잃어버렸을 경우 어떻게 대처해야 하는지 알려주었다.

특히 캘빈을 혼자 집에 두고 나갔을 때 불이 나면 어떻게 해야 하는지, 누군가 초인종을 눌렀을 경우 어떻게 해야 하는지를 가르치는 것이 가장 큰 문제였다. 하루는 하은이와 내가 밖에 나간 후 5분 정도 지나고 초인종을 눌러서 캘빈의 반응을 시험해보았다. 다행히 캘빈은 문을 열지 않고 집 안에 있었다. 집에서 혼자 있는 훈련은 어느 정도 된 것 같아 안심이 되었지만, 밖에서 낯선 사람이 강아지를 보여주면서 "나랑 갈래?" 하면 캘빈은 100% 따라갈 것 같았다. 엄마, 아빠를 제외한 낯선 사람은 절대 따라가면 안 된다고 가르쳤지만 여전히 마음은 놓이지 않았다.

그러던 어느 날 캘빈과 쇼핑몰에 들렀다. 그곳에는 아이가 좋아하는 공룡 게임이 있었는데, 한번 시작하면 20분은 족히 걸리는 게임이었다. 다른 볼일이 있었던 나는 캘빈에게 게임을 하고 있다가 게임이 끝나더라도 그 자리에서 꼼짝 말고 있으라고 말했다. 볼일을 보고 돌아왔더니 캘빈은 나와 약속한 그 자리에 그대로 서 있었다. 그런데 가까이 다가가보니 게임기가 고장이 나 있었다. 고장 싸인이 크게 붙어 있는데도 내가 미처 보지 못했던 것이다. 하지만 캘빈은 움직이지 말고 그 자리에 있으라는 약속을 지키기 위해 다른 게임도 못한 채 나만 기다린 것이었다. 얼마나 미안하고 안쓰러웠는지 캘빈을 꼭 껴안아주면서 "엄마 말을 기억해줘서 고마워"라고 했다. 그랬더니 캘빈이 "엄마, 나 두고 어디 가지마"라면서 울먹이는 것이었다. 그날 우리는 서로를 부둥켜안고 펑펑 울었다. 캘빈이 기특하고 가여워서 눈물이 났던 것 같다. 그날 이후 게임장에 가면 캘빈이 게임을 끝낼 때까지 옆에서 응원해주고 때론 나도 함께 게임을 즐겼다.

캘빈에게 전화 사용법을 알려주면서 모든 일이 한결 수월해졌다. 우선 학교에서 집에 돌아오면 우리에게 반드시 전화하게 했다. 또 위급한 상황이 생길 경우를 대비하여 911에 신고하는 것도 연습했다. 와닉 선생님은 캘빈에게 연기까지 하면서 위급한 상황을 보여주었고 캘빈은 가짜 전화로 911에 신고하는 식이었다. 이렇게 선생님과 일상생활에서 필요한 것들을 배우면서 캘빈도 점점 성숙해졌고 이해력도 많이 좋아지는 것을 느꼈다.

—

중학교를 졸업하고 고등학교로

캘빈이 드디어 중학교 졸업을 하게 되어 온 식구가 졸업식에 참석하였다. 같은 반의 마이클 엄마는 와닉 선생님과 함께 앉아 눈물을 글썽이더니 마침내 울기 시작했다. 그도 그럴 것이 싱글맘이어서 혼자 일하면서 마이클을 키우느라 너무 고생했는데 드디어 중학교 졸업이라니 마음이 벅찼던 것이다.

나 역시 캘빈이 중학생이 된 게 엊그제 같은데 벌써 졸업할 때가 되었다니믿겨지지 않았다. 와닉 선생님이 졸업식 전날 우리 집에 오셔서 캘빈이 특수반 대표로 수상할 것이라고 알려주셨다. 나는 식이 진행되는 내내 캘빈이 사람 많은 곳에서 돌발행동을 할까봐 마음이 불안했다. 드디어 캘빈 순서가 되어 단상에 올라가 상을 받는데 갑자기 마이크를 잡는 것이 아닌가? 그러더니 나를 가리키며 "우리 엄마 저기 있어요!"라고 큰소리로 얘기해서 순간 가슴이 덜컹했다. 다행히 졸업식에 오신 부모님들과 학생들 모두가 한바탕 웃으면서 마무리 되었다. 와닉 선생님은 졸업식 날까지 웃게 해주어서 고맙다며, 캘빈과 함께했던 지난 3년이란 시간이 너무 즐겁고 소중했다고 말했다. 캘빈 역시 선생님과 보낸 시간이 그러했을 것이라고 믿는다.

우리는 중학교 졸업 6개월 전부터 캘빈이 다닐 고등학교를 알아보았는데, 사구아로 고등학교와 데저트 마운틴 고등학교로 그 범위가 좁혀졌다. 사구아로 고등학교는 특수학교와 일반학교가 같이 있는 곳이다. 일반인 친구들이 특수학교에 다니는 친구들을 도와주는 프로그램이 있어서 친구 사귈 기회를 준다는 데 마음이 갔다. 일반 아이들에 비해 사교성이 떨어지고 친구가 많이 없는 장애아들을 위한 프로그램으로 같이 영화도 보고 볼링도 하는 등 여러 가지 프로그램들이 있었다.

사구아로 고등학교는 캘빈에게 조금 힘들겠지만 6년을 다닐 수 있고(장애아는 6년제 고등학교를 다닐 수 있다), 데저트 마운틴 고등학교는 캘빈이 편하겠지만 4년만 다닐 수 있어서 고민을 많이 했다. 우리는 우선 학교들을 방문해 프로그램을 자세히 살펴보고 선생님들을 만나보기로 했다.

먼저 와닉 선생님이 추천해주신 사구아로 고등학교를 방문해서 특수학교 프로그램에 대한 설명을 들었다. 특수학교 선생님은 와닉 선생님과 잘 아는 분이어서 캘빈에 대해 이미 많은 정보를 듣고 캘빈이 할 수 있는 과목과 할 수 없는 과목들을 어떻게 적응시키실지에 대해 알려주셨다. 그렇게 우리는 데저트 마운틴 고등학교를 방문할 필요 없이 사구아로 고등학교에 보내기로 결정했다. 6년제라는 것과 특수학교 선생님과 미술 선생님이 적극적으로 캘빈을 반기는 모습에 마음이 끌렸다.

하지만 한편으로는 캘빈보다 키도 크고 성숙해보이는 아이들을 보면서 캘빈이 이 친구들과 학교 생활을 잘할 수 있을지 걱정이 앞섰다. 그래서 종종 캘빈이 수업하는 모습을 멀리서 지켜보기도 했다. 아침 미술 시간에는 일반 학생들과 함께 수업하는데, 캘빈이 수업에 뒤처지지 않도록 보조선생님께서 도움을 주셨다. 수업시간에 혼자 떠들거나 자기 세계로 빠지려고 할 때면 옆에서 신경써주신 미술 선생님 덕분에 많은 것을 배울 수 있었다. 또 수업시간에 그린 그림들이 뽑혀서 다른 친구들과 같이 교내 전시회도 했다.

다른 고등학교로 전학하다

캘빈은 예상외로 사구아로 고등학교에 잘 적응했다. 매년 IEP 미팅도 잘 진행되었고 각 과목 선생님들도 캘빈이 잘 적응한다고 하셨다. 하지만 과목별 커리큘럼을 보고 캘빈이 따라가기에 벅차지 않을까 했던 우려가 현실로 나타났다. 특히 중학교 때 배웠던 수학보다 수준이 너무 높아서 캘빈이 점점 힘들어하더니 나중에는 학교에 가는 것도 싫어하기 시작했다. 그렇게 3년째 되던 해 우리는 전학을 결정하고 학교에 미팅을 신청했다. 나머지 3년은 캘빈에게 맞는 커리큘럼을 가진 학교로 옮기는 것이 낫다고 판단했기 때문이다.

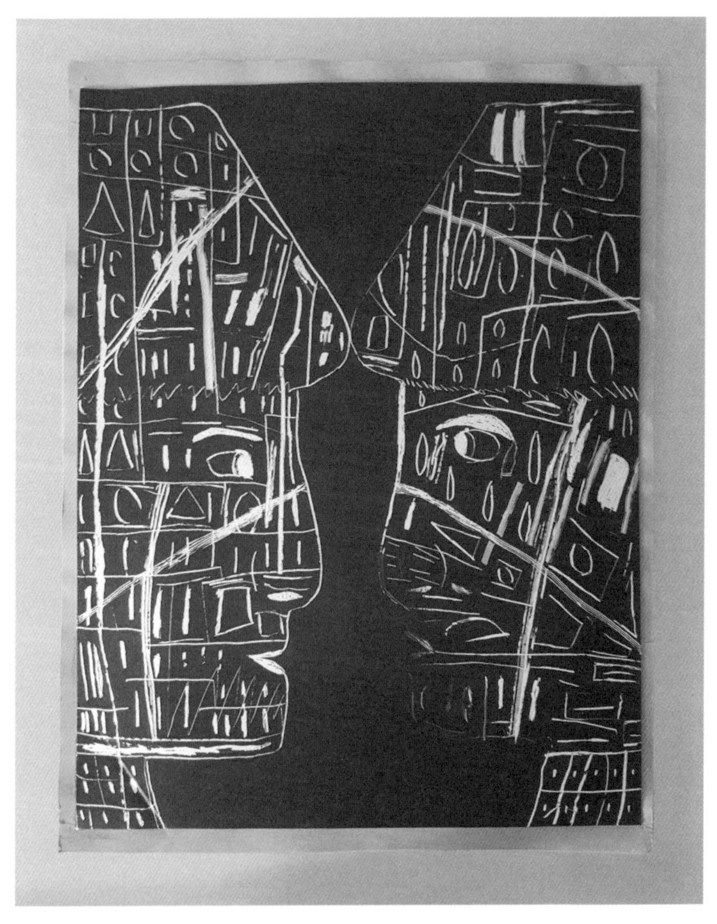

〈두 얼굴〉, 사구아로 고등학교 미술대회 입상작, 2014년

그러나 사구아로 교장 선생님은 캘빈이 결정해서 들어온 것이기 때문에 전학이 어렵다고 했다. 우리는 부모의 기본 권리인 IEP 미팅을 다시 열 것을 요청하고 일레인과 함께 미팅을 준비했다. 이 미팅에는 스카츠데일 학군 내 특수교육 담당자도 참가했다. 한 번의 미팅으로 결정이 될 문제가 아니기 때문에 한 달에 한 번씩 캘빈을 담당했던 모든 과목 선생님들과 특수교육 담당자들을 상대로 왜 캘빈이 다른 학교로 가야 하는지에 대한 의견을 교환했다. 캘빈이 학교를 옮기려는 이유가 미 장애인교육법에 비추어 타당하다는 것을 증명해야 했기 때문에 가족지원 전문가 일레인의 도움이 필수적이었다.

우리는 캘빈에게 맞는 교육과정으로 3일은 고등학교에 다니고 2일은 '자폐를 위한 씨앗Seeds for autism'이라는 장애인 아트센터에서 직업훈련을 받기를 원했다. 이 아트센터는 피닉스 지역 자폐 청소년들의 사회성 및 직업훈련을 돕고 예술 상품들을 만들어 판매함으로써 자립할 수 있게 하는 곳이다. 각 분야의 전문가가 도자기공예, 금속공예, 보석공예, 목조공예 등을 가르친다. 그리고 학생들은 컴퓨터 기술을 배워 온라인에서 자기 상품의 광고 및 마케팅을 담당한다. 장애인들은 보통 6년간 고등학교를 다니는데 졸업 전 마지막 한두 해는 직업훈련에 많은 시간을 쓴다. 이때 대부분의 훈련은 슈퍼마켓에서 손님이 구매한 물건을 담아주거나 상품 진열, 주차장 카트 정렬, 청소, 간단한 음료 만들기, 테이블 정리, 조경 등의 단순노동이다.

캘빈에게 이러한 환경을 주기 위해서는 먼저 스카츠데일 교육부의 지원을 받아야 했다. 학교 버스로 피닉스 시내까지 통학하는 교통비와 씨앗아트센터에 내야 하는 교육비가 필요했기 때문이다. 이 문제를 두고 1년 동안 미팅이 이어졌다. 매달 일레인과 함께 열심히 미팅 준비를 하고 캘빈의 그림도 보여주면서 어떻게 하면 학교생활과 직업훈련을 병행할 수 있는지 진지하게 토론했다.

물론 이런 미팅을 하다 보면 서로 언성이 높아지거나 감정이 상하는 경우도 더러 있다. 하지만 우리는 캘빈이 어릴 때부터 이러한 미팅을 해왔기 때문에 상대방의 상황도 충분히 이해할 수 있었다. 학교는 학교의 입장이 있기 마련이고 부모는 장애인 자녀에게 최고의 교육을 받게 하려는 입장이 있다. 그래서 부모와 학교 간의 중재 역할을 할 수 있는 가족지원 전문가의 역할이 중요한 것이다.

—

데저트 마운틴 고등학교와 씨앗아트센터

1년이 지난 후에야 우리의 요구가 받아들여졌다. 다음 학기에 캘빈은 데저트 마운틴 고등학교로 전학하고 주 2일은 씨앗아트센터에 다니도록 약속을 받았다. 새로운 환경과 스케줄을 다시 교육시키는 것은 쉽지 않은 일이었다. 처음에는 캘빈이 익숙해질 수 있도록 함께 달력을 보면서 학교에 가는 날과 아트센터에 가는 날을 반복해서 기억하게 했다. 또 학교 버스기사와 아트센터 버스기사가 달랐기 때문에 따로 인사를 시켜야 했다. 어느새 캘빈이 19살이 되었기 때문에 학교 버스에서 내려 혼자 집에 돌아와도 법적으로 문제가 없었고, 우리는 더 이상 밖에서 캘빈을 기다리지 않아도 되었다.

데저트 마운틴 고등학교는 집에서 걸어가도 될 정도로 가까운 거리였지만 우린 학교 버스를 타도록 했다. 40도를 웃도는 애리조나의 여름에는 아무리 가까운 거리라도 걸어서 집에 오는 것이 무리이기 때문이다. 이 학교에는 여러 부류의 장애 친구들이 있었지만 고등학교를 졸업하면 직업을 가질 수 있도록 기술을 가르치는 학과가 있었다. 캘빈도 씨앗아트센터에 직업훈련을 가지 않는 날이면 양로원에 가서 어르신들의 식사 테이블 세팅도 도와드리고 청소도 했다. 이렇게 작은 것부터 시작해서 서류 정리도 가르치고 아이의 능력에 맞게 단순노동을 가르치기도 했다.

여기에도 사구아로 고등학교처럼 일반 학생들이 장애학생의 수업을 도와주는 프로그램이 있었다. 새 학기가 되어서 교실을 등록하러 갈 때면 캘빈을 알아보고 인사하는 친구들이 생겼고 캘빈도 나름대로 친구 관계를 만들어가면서 즐거워했다. 나는 이런 프로그램들을 매우 중요하게 생각한다. 어릴 때부터 이런 과정들을 거쳤기 때문에 성인이 되어서도 전반적으로 장애인을 배려하는 사회 분위기가 형성된 것이다.

하루는 캘빈과 함께 영화관에 갔었는데, 캘빈이 영화를 보면서 앞에 있는 의자를 계속 툭툭 찼던 것 같다. 영화가 끝나고 앞에 앉았던 신사분이 잔뜩 화가 나서 캘빈에게 뭐라고 하시길래 아이가 자폐증이라고 설명하고 정중히 사과를 했다. 그랬더니 오히려 그분이 우리에게 화를 낸 것에 대해 사과하시는 게 아닌가? 물론 장애인이라고 해서 남에게 피해를 주는 말이나 행동을 하는 것이 정당화될 수는 없고, 캘빈 역시 끊임없이 노력해야 한다. 하지만 캘빈이 배워나가는 과정 속에서 많은 분들의 이해와 배려가 있었기에 이 모든 일들이 가능했다고 믿는다.

스스로 할 수 있는 것들이 많아지다

고등학교에 들어간 후부터 캘빈이 스스로 할 수 있는 일들이 많아졌다. 학교에서 돌아오면 혼자 숙제를 하거나 컴퓨터를 하고 그림을 그렸다. 자기가 매일 무엇을 해야 하는지에 대한 개념이 생겨서 달력에 공휴일이나 생일들을 표시하기 시작했다. 연말이 되면 다음 해 달력을 미리 사서 계획을 세우고 가족들의 생일이나 방학 등을 표시해놓기도 했다.

우리 부부는 캘빈을 낳고 나서 우리가 기념해야 할 날들을 잊고 살았다. 캘빈의 학교 미팅, 병원 약속 등을 잡다 보면 기념일 등을 챙길 마음의 여유가 없었다는 게 더 맞을 것이다. 하지만 이제는 캘빈이 이렇게 잘 성장했는데도 여전히 물가에 내놓은 아이처럼 보살피고 있다는 것을 문득 깨달았다. 이제 아이를 돌보느라 잃어버린 우리 부부의 시간들을 생각하고 챙길 때였다. 우리는 캘빈과 하은이를 집에 두고 결혼 전처럼 영화를 보러 가거나 단 둘이 외식을 했다. 우리가 데이트를 나가는 날이면 즐거운 시간을 보내라고 말해주는 캘빈을 볼 때마다 그동안의 고생을 보상 받는 기분이 든다. 그렇게 시간이 지나다 보면 언젠가 우리 부부가 캘빈에게 의지하고 보살핌을 받는 날도 오지 않을까 하는 욕심도 가져본다.

물론 캘빈이 이 세상에서 혼자 살아가기에는 배워야 할 것이나 익혀야 할 것이 많을 것이다. 몇 년 안에 혼자 또는 그룹 홈에서 다른 사람과 같이 살면서 청소, 분리수거, 세척기 돌리기, 집 앞 쓸기, 빨래, 침대 정리하기 등을 해야 한다. 하지만 이젠 걱정보다는 느긋한 마음으로 아이를 믿고 지켜볼 예정이다.

가족들의 희생과 사랑

—

부모님의 사랑

캘빈이 30개월쯤 되었을 때 둘째가 태어났다. 캘빈이 자폐 판정을 받기 전이어서 두려움 없이 둘째를 가졌지만, 캘빈의 난폭한 행동이 동생 하은이에게 얼마나 위험한 일이었는지 지금도 생각하면 아찔하다. 캘빈은 무엇엔가 집중하면 어떤 방법으로든 그것을 이루고자 했다. 한동안은 날카로운 꼬챙이를 가지고 놀고 싶어했는데, 순식간에 하은이를 찌르려고 해서 한순간도 눈을 뗄 수가 없었다. 불안한 마음에 방문을 잠그고 하은이를 재웠는데 의자 위로 올라간 캘빈이 꼬챙이로 방문을 열어버렸다.

집에 같이 두었다가는 큰 사고가 생길 것 같아 마음이 놓이지 않았다. 우리는 의사와 상의 끝에 하은이를 한국에 보내기로 결정했다. 결국 하은이는 1살 반부터 3살까지 한국 이모네서 생활하게 되었다. 하은이가 한국에 있는 동안 우리는 캘빈의 새로운 학교와 치료사들에게 많은 공을 들였는데 결과가 눈에 보이지 않았다. 하루가 다르게 난폭해지는 아이를 보면 버거운 마음이 들었다. 아침에 눈을 뜨면 오늘 하루는 또 어떻게 견딜지 나 자신에게 물어보곤 했다.

그 무렵 일어난 일이다. 시어머니가 캘빈을 보게 되었는데, 아이가 비디오에 집중하고 있길래 꽃밭에 물을 주기 위해 조용히 뒷문으로 나가셨다고 한다. 그 순간 캘빈이 뒷문을 잠그더니 부엌 칼을 꺼내 신나게 휘두르며 창문의 방충망을 다 잘라 놓은 것이다. 어머님은 너무 놀라서 밖에 있던 호스로 아이를 향해 물을 뿌려서 칼을 못 잡게 한 다음 앞문으로 들어와 칼을 숨기고 남편에게 전화를 하셨다. 남편은 집안 창문들을 보고 너무 답답해서 펑펑 울었다고 한다. 하지만 내가 보면 충격을 받을까봐 방충망을 보여주지 않고 바로 수선집에 맡

겨버렸다. 그 후로 우리 집 부엌에서는 칼을 숨겨놓고 요리할 때만 꺼내서 쓰곤 했다.

이렇게 캘빈의 행동이 갈수록 난폭해져서 도저히 내가 두 아이를 키울 수 없는 상황이 되었다. 그래서 친정 부모님이 아예 영주권 신청을 하고 미국에 정착하시게 되었다. 부모님께 너무나 죄송스러웠지만 당시에는 부모님 도움이 절실했다. 우리 부부는 둘 다 일을 했기 때문에 우리가 일을 가고 나면 부모님이 캘빈과 하은이를 어떻게 봐주셨을지 상상이 안 갈 정도다. 나중에 들은 얘기지만 어머님이 그때 많이 우셨다고 한다. 부모님은 우리 앞에서는 힘든 내색을 하지 않고 캘빈의 행동이 좋아지기만을 묵묵히 기다리셨던 것 같다. 아버님은 캘빈이 마당에서 놀 수 있도록 그네도 만들어주시고 캘빈의 편식을 고치려고 텃밭도 가꾸시면서 묵묵히 도와주셨다.

아버님은 3년 전에 돌아가셨는데 캘빈이 할아버지가 보고 싶다고 울 때는 마음이 아렸다. 부모님의 노고를 어떻게 다 갚을 수 있겠는가? 캘빈이 그림을 그리고 전시회를 했을 때 어머님이 눈물을 훔치시던 모습이 떠오른다. 우리 부부가 하지 못한 효도를 캘빈이 대신 해준 것 같아 기뻤다.

—

캘빈을 잃어버리다

캘빈이 3살이 채 안 되었을 때였다. 주일이면 교회에 가서 예배를 드렸는데 캘빈을 볼 사람이 필요하기 때문에 우리 부부는 교대로 예배를 봐야 했다. 그날은 내가 1부 예배를 드렸는데 예배 중에 남편에게 연락이 왔다. 캘빈이 없어졌다는 것이다. 순간 올 것이 왔구나 하는 생각이 들었다. 남편이 잠깐 샤워하는 동안 아이가 문을 열고 나가버린 것이다. 차로 동네를 다 돌아봐도 아이가 보이질 않자 남편이 교회에 있는 나에게 전화를 했는데, 다행히 내가 집으로 오는 사이에 아이를 보호하고 있다는 경찰의 연락을 받았다고 했다. 어떤 분이 맨발로 돌아다니는 캘빈을 보고 이상하게 여겨 경찰차로 데려다 준 것이다.

아이가 의사소통을 못 하기 때문에 아이를 잃어버릴 경우를 대비해 여러 방법을 시도했다. 집 주소와 전화번호, 아이의 상태를 써서 옷에 부착하기도 하고, 신발끈에 달아보기도 했지만 매번 다 뜯어내어서 소용이 없었다. 마지막으로 캘빈 손목에 이름과 전화번호 그리고 자폐증이라는 정보를 적은 팔찌를 만들어 차고 다니게 했다. 캘빈을 잃어버렸던 그날에도 팔찌에 있는 정보를 보고 경찰이 집으로 전화한 것이었다.

또 한 번은 친정 어머니가 청소하느라 문을 열어 놓은 틈을 타서 아이가 밖에 나가버렸다. 이사온 지 얼마 안 되서 동네 길도 익숙지 않던 시기였다. 캘빈이 5살이었는데 그때도 의사소통을 잘 하지 못했다. 어머니가 동네를 돌아다니며 부르는 소리를 듣고 어디선가 캘빈이 뛰어나왔다고 한다. 아이도 놀랐는지 바지에 오줌을 싸서 다 젖어 있었다. 캘빈을 찾아 온 동네를 헤맸을 어머니를 생각하면 가슴이 아려온다. 다행히 그날 이후로 캘빈은 절대 혼자 집 밖으로 나가지 않았다.

—

한인 교회를 떠나 미국 교회로 가다

우리는 보스턴에 있는 동안 한인 교회를 다녔었다. 캘빈이 아이들을 문다는 소문이 나 있어서 아무도 캘빈 옆에 앉으려 하지 않았지만 어쩌다 친구가 앉으면 그 친구에게 과자를 나누어 주곤 했다. 그때 캘빈 옆에 앉아서 과자를 잘 먹던 스티븐은 수영장이나 스케이트장에 갈 때도 함께 갈 정도로 가깝게 지냈다. 하지만 스티븐을 제외한 다른 친구들은 캘빈 옆에 앉는 것을 싫어했다.

하루는 캘빈이 교회에 있는 화재 경보기를 누르는 바람에 교인들 모두 교회 밖으로 대피했던 적이 있다. 예배가 끝나갈 무렵이었지만 소방관이 올 때까지 모두 밖에서 기다려야만 했다. 목사님과 장로님, 집사님 모두가 괜찮다고 했지만 나는 너무 죄송했다. 정작 화재 경보기를 누른 캘빈은 큰소리로 돌아가는 사이렌에 얼마나 놀랐던지 내 옆에서 떨어지려 하지 않았다.

이러한 사건들이 있고 몇 주 지나서 우린 정들었던 교회를 떠나기로 결심했다. 이 교회는 우리 부부에게 특별한 곳이었는데, 성경공부를 하면서 남편을 만나 결혼식을 올렸기 때문이다. 하지만 캘빈의 행동이 다른 분들에게 피해를 준다는 생각에 교회에 갈 때마다 마음이 편치 않았다.

우리는 집에서 10분 거리에 있는 미국 교회에 나가기 시작했다. 이 교회는 미국인들이 주류였지만 이민자나 유학생도 많은 다민족의 크리스천들로 구성된 곳이었다. 캘빈이 주일학교에 나가게 되면서 남편과 나는 보조선생님으로 봉사를 했다. 주일 학교 어린이들이 매주 100명 정도 오는데 우선 주일 학교 선생님이 율동과 성경말씀을 가르쳤고, 그 다음에는 10명의 학생들이 각 테이블로 나누어서 그날 배운 성경말씀을 공부했다. 이때 아이들이 성경을 펴는 것도 도와주고 그날 말씀에 관련된 그림을 그리거나 만들기를 할 때 돕는 일이었다.

교회에 봉사를 시작하는 모든 사람은 범죄경력증명서를 내고 범죄경력이 없다는 것을 증명한 후에야 봉사를 시작할 수 있다. 우리 부부 역시 증명서를 제출한 후에야 주일학교 보조선생님으로 봉사할 수 있었다. 캘빈도 주일학교에 잘 적응해서 애리조나로 이사가기 전까지 이 교회에서 많은 분을 만나고 신앙생활을 했다.

—

18살, 부모에서 법적 보호자로

캘빈이 18살이 되면서 법으로 인정하는 성인이 되었다. 투표도 할 수 있고 개인적인 결정을 내릴 때 더 이상 부모의 동의도 필요하지 않게 되었다. 병원에 가면 내가 엄마인데도 캘빈의 허락 없이 서류를 떼거나 정보를 얻을 수 없었다. 적어도 법의 눈에는 캘빈이 부모의 도움이 필요한 나이가 아닌 것이다. 이때 장애인의 부모는 부모의 권리를 포기하는 대신 법적 보호자가 되어야 한다. 자녀가 성인이 되면 부모라 해도 더 이상 의료를 포함한 권리 행사 서류들을 대행할 수 없다.

법원에서는 장애인의 권리와 안전이 전적으로 법적 보호자의 손에 있기 때문에 모든 것을 세심히 확인한다. 우선 공증받은 법적 보호자 신청서를 법원에 넣으면 서류 내용을 하나하나 확인하고 문제가 없으면 법원 사무원과 1차 인터뷰를 한다. 인터뷰를 통과하면 법원에 출석하라는 통보가 온다. 개인 변호사가 있으면 같이 나오면 되고 없다면 관선 변호사를 소개해준다.

우리는 법원 사이트에 들어가 필요한 서류들을 체크한 후 관선 변호사의 도움을 받아 서류를 작성했다. 법원에서 법적 보호자의 의무에 대한 교육을 받고서야 캘빈의 법적 보호자라는 서류를 비로소 받을 수 있었다. 이 서류는 캘빈 병원, 학교, 그 외 우리가 캘빈의 정보를 얻는 모든 곳에 제출되어야 했다.

장애에 따라 다르겠지만 자폐를 가지고 있는 캘빈은 투표권과 운전 권리를 포기했다. 그리고 캘빈의 법적 보호자인 우리는 캘빈의 주거지가 어디에 있는지, 복용하는 약은 어떤 것인지에 대해 매년 보고서를 제출해야 했다. 주거지가 변경될 경우 바로 신고하지 않으면 법적 보호자 자격을 박탈당하므로 항상 보고서 작성에 신경을 썼다.

—

언젠가 헤어질 날을 준비하며

내년이면 캘빈이 6년 다닌 고등학교를 졸업한다. 졸업 후에는 학교라는 소속이 없어지고 주 정부에서 운영하는 그룹홈이나 부모 집에서 생활한다. 일부는 단순노동 수준의 파트타임직을 얻어 생활하기도 한다. 우리도 캘빈의 학교 밖 삶에 대해 진지하게 고민하고 있다.

최근 남편과 나는 생명보험을 하나씩 더 들었다. 전에 갖고 있던 생명보험은 우리 부부 중 누군가 먼저 죽으면 남은 사람을 위한 것이었는데, 이번에 든 보험은 우리 부부가 없을 경우 캘빈을 위한 것이었다. 미국에서는 열심히 일을 해도 저축하는 게 쉽지 않다. 저축한 돈으로 장애인이 평생 필요한 자금을 모으는 것은 현실성이 많이 떨어지는 데다 주 정부에서 건강보험과 생활비를 보조받더라도 이 돈으로 평생 생활하기에는 어려움이 있다.

이때 생명보험은 장애인들이 평생 생활할 수 있도록 도와주는 중요한 도구가 될 수 있다. 여기에는 일정기간이 지나면 만료되는 기한 보험과 영구적 보험이 있는데 어떤 보험을 들더라도 가장 싼 보험은 오늘 구입하는 보험이다. 나이가 들수록 사망할 확률과 성인병에 걸릴 확률이 높아지므로 상대적으로 보험료가 오를 수밖에 없다. 그러므로 한 살이라도 젊을 때 영구 보험을 들어두면 저렴한 비용으로 장애아의 미래를 돌봐줄 자금을 마련할 수 있는 것이다.

생명보험이 좋은 이유가 또 하나 있다. 우리가 사망했을 때 캘빈이 수령하는 생명보험금에 소득세가 없다는 것이다. 우리가 앞으로 만들 장애신탁구좌의 보험 수혜자가 캘빈이 될 것이고 소득세가 없는 보험수령액 100%가 입금될 것이다. 그리고 하은이가 보관 의원이 되어 거기서 나오는 돈으로 캘빈이 평생 생활하는 데 도움을 줄 수 있을 것이다.

우리는 종종 인터넷이나 스마트폰으로 한국 신문을 챙겨본다. 가끔 장애아를 둔 어머니가 아이와 함께 목숨을 끊는 기사를 접하면 마음이 무거워진다. 장애아를 세상에 혼자 남겨 두고 맘 편히 눈감을 수 없는 것은 모든 장애아 부모가 같은 마음이지 않을까?

혼자가 아니었다

이러한 경제적인 문제가 해결되더라도 캘빈이 우리 없이 혼자 살 생각을 하면 걱정이 앞선다. 다양한 교육을 통해 행동과 언어가 나아지고 의사소통을 하면서 느낀 건 캘빈이 정이 많은 아이라는 것이다. 지금은 우리가 옆에서 보호하고 친구도 되어주고 있지만 우리가 없을 때 대화할 사람도 없이 혼자 외롭게 사는 것과 어린아이의 지능을 가진 캘빈을 누가 학대할 수도 있다는 것이 제일 두려웠다. 자폐인인 우리 아들이 이 험한 세상을 홀로 헤쳐나갈 것을 생각하면 여전히 막막하다.

그래서 우리는 캘빈이 어릴 때부터 신앙을 심어주려고 무던히 노력했다. 인간이 도와주는 데는 한계가 있지만 하나님이 함께하시면 못할 일이 없다고 믿기 때문이다. 우리가 부모로서 최선을 다하더라도 그 다음은 우리의 영역 밖이라는 것, 우리가 아무리 걱정한다고 해도 우리의 힘으론 현실을 바꿀 수 없다는 것을 인정한 후에는 오랜 시간 우리를 짓누르던 무거운 짐을 내려놓고 비로소 마음의 평화를 얻을 수 있었다.

우선 캘빈에게 식사할 때 기도하는 것부터 가르쳤다. 그리고 스카츠데일 성경 교회의 다프네 선생님께서 매주 집에 오셔서 캘빈과 1:1로 성경공부를 했다. 선생님께서는 캘빈에게 일상적인 것들에 감사하는 기도를 하게 하셨고 나중에는 영적인 기도를 할 수 있도록 지도하셨다. 이제 캘빈은 매일 아침과 저녁에 성경구절을 읽는 것이 습관이 되었다.

캘빈을 키우면서 우리가 해결할 수 없는 상황들이 수없이 많았다. 캘빈의 두 번째 전시회를 앞두고 장소를 구하지 못해 여기저기 돌아다니던 중 스카츠데일 공연예술센터에 가게 되었다. 이곳은 아무나 전시를 할 수 없는 데다 적어도 1년 전에는 예약을 해야 전시 기회를 얻을 수 있었다. 그런데 마침 빈 공간이 생겨 캘빈이 전시를 할 수 있게 되었고, 전시회를 하려면 만약의 사고에 대비한 상해보험도 필요한데 생각지도 않게 보험 회사에서 기부를 받게 되었다. 또 애리조나 교육부에서 주최했던 애리조나 전환교육 학술대회Arizona' s Fifteenth Annual Transition Conference에서 캘빈이 전시를 하게 된 것도 우연의 일치였다. 그해 주제는 '성공을 위한 연결: 공동의 기대, 책임 및 결과'였는데 캘빈의 그림 <PeoPle>을 보고 전시를 제안한 것이었다. 이 그림은 캘빈이 가운데 있고 여러 인종의 사람들이 서로 어깨를 맞대고 다같이 웃는 그림이었다.

그 외의 크고 작은 일들이 그저 우연의 일치라고 생각되지 않는다. 나는 캘빈이 앞으로 자기의 재능으로 나눔을 실천하며 살기를 원한다. 그동안 받은 수많은 혜택을 생각해보면 캘빈이 받은 것 이상으로 나누어야 한다고 생각한다. 그러기 위해서는 캘빈 자신의 믿음도 자라서 내가 할 수 없을 때 낙심하고 포기하는 것이 아니라 나를 만드신 분의 뜻에 순종하는 마음과 지혜를 배울 수 있길 바란다.

〈요나의 기도〉, 성경 요나서 2장 1절을 배우고 그린 그림

—

캘빈 동생 하은이

한국 이모네서 지내다 돌아온 하은이는 잡기 놀이를 좋아했다. 그래서 우리는 저녁만 먹으면 하은이를 잡으러 뛰어다녀야 했다. 아들만 둘인 이모네 가족에게 하은이는 하늘에서 뚝 떨어진 딸 같아서 가족들의 사랑을 독차지했다고 한다. 하은이와는 한국에 있는 동안 여러 번 통화를 했지만 미국에 돌아온 직후에는 우리 부부와 캘빈에게 거리감을 느끼는 것 같았다. 자기가 쓰던 방이나 장난감들을 보더니 어렴풋이 여기서 살았던 기억을 되찾았다. 이렇게 가족간의 거리감이 좁혀지는 데는 한국에서 보낸 1년 반의 시간이 또 흘러야 했다.

당시 캘빈은 말도 못하고 행동도 난폭했지만 동생 하은이를 잘 챙겼다. 슈퍼마켓에 가면 하은이 간식을 꼭 챙겼고 엘리베이터를 타면 하은이가 잘 탔는지 확인했다. 이런 행동은 누가 가르쳐 준 것도 아닌데 어떻게 배운 것인지 지금도 신기하다.

하지만 남매 사이가 항상 좋은 것은 아니었다. 둘이 싸울 때면 하은이가 말을 더 잘해서 캘빈의 자존심을 많이 건드렸다. 답답해 하던 캘빈이 하은이를 때리고 결국 하은이가 울면서 끝이 났다. 캘빈이 미안하다고 사과했지만 화가 난 하은이는 오빠의 사과를 받아주지 않았다.

자폐증을 갖고 있는 오빠 때문에 하은이는 태어났을 때부터 많은 것을 양보해야 했다. 엄마 손이 필요한 나이에도 혼자서 많은 것을 해야만 했고 응석을 부릴 시기에도 캘빈을 도와주는 역할을 도맡아야 했다. 지금은 하은이가 가장 걱정하고 신경쓰는 존재가 캘빈이지만, 어릴 때는 오빠와 함께하는 모든 것에 불만이었다.

하루는 하은이의 바이올린 교실에서 연주 발표회가 열렸는데 캘빈이 오지 않았으면 좋겠다고 해서 혼을 낸 적이 있다. 자기가 연주하는 것보다 오빠가 연주장에서 소란을 떨 것에 대한 두려움이 더 컸던 것이다. 오빠가 안 오기를 바라는 동생을 보며 장애가 있는 오빠를 감싸주지 못하는 애가 원망스럽고 얄미운 생각까지 들었다.

캘빈이 NECC에 다니던 시기에는 하은이도 같은 곳에 있는 유치원을 보냈는데 유치원 버스가 오기 30분 전부터 울기 시작해서 아침마다 전쟁이었다. 가기 싫다는 아이를 억지로 보내면서도 우리는 그 영문을 알지 못했다. 시간이 흘러 하은이 선생님과의 상담을 통해 그 답을 찾을 수 있었다. 유치원 수업에는 잘 적응했는데 자폐아들과 함께하는 수업은 무섭고 두려웠던 것이다. 간혹 자폐아들이 소리라도 지르면 하은이는 선생님 옆에 딱 붙어서 떨어지지 않았다고 한다. 어린 하은이에게는 장애아가 배려나 도움을 줘야할 대상이 아닌 두려움의 대상이었던 것이다. 우린 서둘러 하은이의 유치원을 바꿔주었다. 아이마다 성격이 다르기 때문에 잘 살펴서 학교를 선택했어야 했는데 우리 편하자고 아이의 유치원을 정한 것이 큰 실수였다. 나중에 시간이 지나 고등학생이 된 하은이가 그때 왜 아침마다 울었는지에 대해 얘기할 때는 정말 그 자리에 있고 싶지가 않을 정도로 미안한 마음이 들었다.

나는 하은이에게 무심한 엄마였다. 캘빈만 보고 달려오던 수많은 시간 동안 하은이가 방치되었던 것이다. 하은이가 사춘기가 되어서야 아이의 정서에 문제가 있다는 것을 알게 되었다. 본인도 모르는 불안감과 분노가 생긴다는 것이다. 나에 대해서도 부정적 반응과 불만이 많았던 것 같다. 나는 나름대로 하은이와의 관계를 풀어보려고 노력했지만 하은이의 마음은 채워지지 않았나보다. 엄마의 손길이 가장 필요한 순간에 자기를 한국에 보낸 것에 대한 서운함

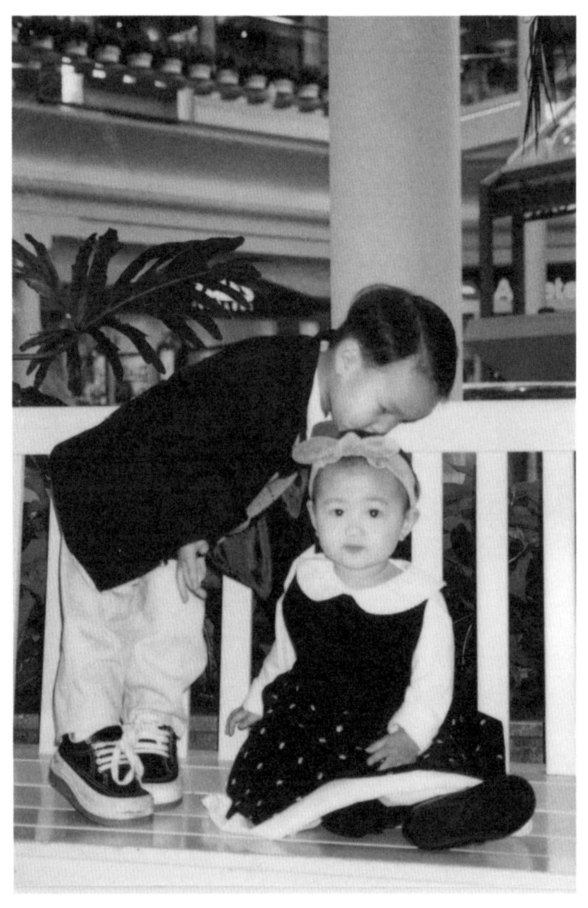

크리스마스 때 쇼핑몰에 간 캘빈과 하은이, 1998년

과 오빠만 사랑한다는 생각을 가졌던 것이다.

그러던 중 하은이의 학교 친구들이 집에 놀러왔던 적이 있다. 다들 캘빈의 그림을 보고 하은이를 부러워했다. 그때부터 하은이는 집에 친구들을 하나둘씩 데려오기 시작했다. 그 전에는 오빠에 대해 불안한 존재, 친구들에게 알리기 싫은 존재, 자기에게 피해를 주는 존재로 여겼었는데 자랑스러운 존재로 조금씩 바뀌어가면서 하은이의 감정도 점차 치유되는 것 같았다.

–

의사가 되고 싶은 하은이

캘빈이 올해 21살이 되었다. 19살이 된 하은이는 작년에 보스턴에 있는 통합 의대에 합격해서 대학생으로서의 첫해를 보내고 있다. 하은이가 고등학교 1학년 여름방학 때 캘빈이 다니는 장애인 여름 프로그램에 봉사자로 지원했다는 말을 듣고 나는 내 귀를 의심했다. 그렇게 오빠와 함께 여름 프로그램 센터에 들어가서 함께 나오는 모습을 보니 말로 설명할 수 없을 만큼 든든했다. 하은이는 봉사를 하면서 보람을 느낀다고 했다. 그곳에서 만난 한 자폐아는 하은이가 오기만을 기다린다고 했다. 캘빈을 보면서 자란 하은이가 장애를 가진 친구들을 대하는 법을 잘 알고 있었던 것 같다.

그 다음 여름방학 때는 애리조나 피닉스의 SARRC(Southwest Autism Research and Resource Center)라는 곳에서 2박 3일간 열린 캠프에 자원해서 참가했다. 선생님들은 하은이의 적응력을 칭찬하시며 다음 방학에도 계속 활동해주기를 바라셨다. 그렇게 하은이의 봉사활동은 고3 마지막 학기까지 이어졌다.

하은이가 다니는 고등학교는 졸업을 앞둔 마지막 학기에 관심 분야에서 일을 하거나 인턴쉽을 해야 했다. 졸업을 마무리하는 중요한 프로젝트도 진행하는데 하은이의 주제는 '자폐증과 예술'이었다. 매년 방학마다 자폐증 친구들과 함께 봉사활동을 했던 경험과 씨앗아트센터에서의 연구를 토대로 발표까지 하게 된 것이다. 어려서는 오빠가 엄마의 사랑을 다 빼앗아갔다고만 생각하던 하은이가 이제 오빠와 함께 프로젝트도 하고 오빠의 그림을 자랑스럽게 여길 정도로 성장했다. 하지만 어릴 때 가졌던 마음의 상처를 완전히 치유하는 데는 많은 시간과 노력이 필요할 것이다.

그렇게 고등학교를 졸업한 하은이가 통합의대를 가겠다고 말했을 때 우리는 반대했다. 미국에서 의사가 되려면 전문의 전공에 따라 다르겠지만 적어도 16년은 공부해야 하기 때문이다. 우리는 간호사나 다른 것을 권해보았지만 하은이는 의대를 고집했다. 그 과정을 지켜보는 동안 하은이가 의대를 진학하려는 이유에 대해 알게 되었다. 자폐아인 오빠에 대한 측은함과 부모님이 없으면 자기가 오빠를 책임져야 한다는 마음이 자리 잡고 있던 것이다.

더 자세한 이유는 하은이의 대학 입학 에세이를 통해 알게 되었다. 캘빈이 어릴 때 보스턴 소아병원을 수시로 드나들었는데 하은이도 어쩔 수 없이 따라다니게 되었다. 우리 부부가 의사 선생님과 상담하는 동안 하은이는 병원 로비에서 혼자 긴 시간을 기다려야 했다. 하얀 가운을 입은 의사 선생님이 캘빈을 진료할 때면 항상 지쳐 있던 엄마, 아빠의 얼굴에서 희망과 미소를 보면서 자기도 누군가에게 희망을 줄 수 있는 의사가 되고 싶다는 글을 읽고 펑펑 울었다. 이제 어엿한 대학생이 되어서 스스로 갈 길을 선택한 딸이 대견스럽고 고맙다. 어쩔 수 없었던 환경의 상처가 앞으로 세상을 살아가는 데 지혜의 거름이 되기를 바라는 마음이다.

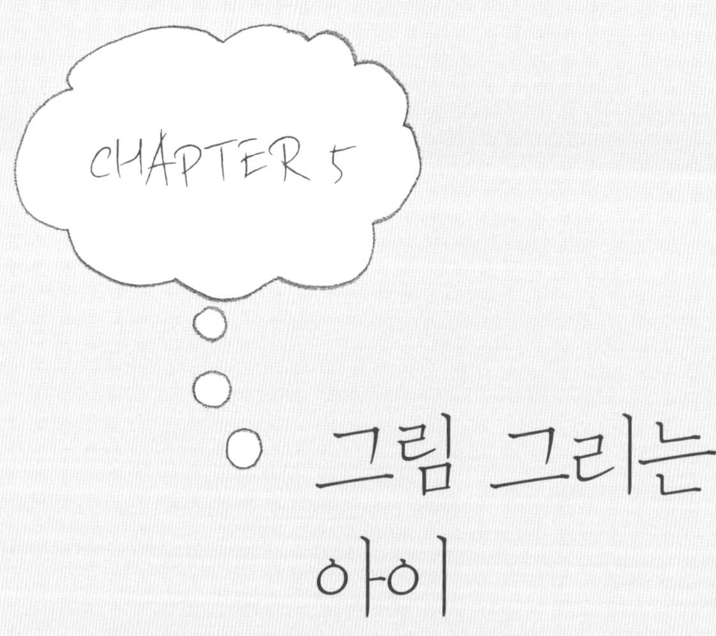

CHAPTER 5

그림 그리는 아이

재능을 드러내다

캘빈이 공립초등학교 2학년으로 옮기면서 나는 자주 학교에 들러 창문 너머로 캘빈이 수업하는 모습을 체크했다. 캘빈을 종일 전담했던 니디 선생님은 미술 시간에 아이들이 캘빈 옆에 앉고 싶어 한다는 말씀을 하셨다. 캘빈이 찰흙을 빚어 공룡을 만들었는데 근육 하나하나까지 섬세하게 묘사해서 아이들이 캘빈의 공룡을 갖고 싶어 한다는 것이었다. 근육뿐 아니라 움직이는 모습도 생생하게 표현해서 아이들에게 인기가 짱이었다. 캘빈이 만든 공룡을 보고 같은 반 아이들이 엄지손가락을 치켜세우며 "훌륭해, 캘빈!"이라고 했을 때는 캘빈도 활짝 웃었다고 한다.

이 무렵 집에서도 연필을 잡고 무언가 종이에 그리기 시작했는데 도대체 무엇을 그리는 건지 알 수가 없었다. 그렇게 1년이 지났을 때 우연히 캘빈이 그린 선들을 자세히 보니 공룡의 형상이었는데 다들 어디론가 향하고 있는 모습이었다. 당시 캘빈은 공룡에 빠져 있었는데 발음하기도 힘든 수십 가지의 공룡 이름들을 다 맞추어서 우리를 놀라게 했다. 의사소통도 어눌하게 하던 캘빈이 나도 발음하기 힘든 공룡 이름들을 다 외우고 있다는 사실이 신기했다.

우리는 캘빈에게 더 많은 공룡을 보여주기 위해 4시간 거리에 있는 뉴욕 자연사 박물관에 갔다. 캘빈은 얼마나 좋았는지 방방 뛰어다니면서 공룡들을 구경했다. 그 이후에도 뉴욕을 갈 때마다 남편은 캘빈과 자연사 박물관에 들러 공룡을 보고 나는 하은이를 데리고 장난감 가게나 백화점에 돌아다니곤 했다. 뉴욕 자연사 박물관 외에도 보스턴에 있는 어린이 박물관, 하버드 대학 자연사 박물관에 계절별로 다녔던 것 같다. 집에 있는 것보다 밖에 나와 있는 것이 육

뉴욕 자연사 박물관에 있는 공룡

Tyranosaurus rex 공룡

체적으로 힘이 들었지만 캘빈의 에너지를 쓰는 데 도움이 되었다. 밖에서 하루 종일 돌아다니면 집에 왔을 때 지쳐서 사고를 덜 쳤기에 더 밖으로 데리고 다녔던 것 같다.

—

캘빈 그림이 변했네!

애리조나로 이사를 오면서 캘빈의 그림에 변화가 생겼다. 보스턴에 있을 때만 해도 형체를 알아볼 수 없던 선들이 하나의 형체로 잡혀갔다. 특히 중학교에 들어간 후부터는 평소 캘빈이 좋아했던 슈퍼마리오 캐릭터들을 그리기 시작했는데 너무 작게 그려서 자세히 봐야만 했다. 하지만 그 작은 캐릭터의 얼굴 하나하나에도 감정을 다 그려넣어서 캘빈 그림을 관찰하는 것이 즐거웠다.

학교 미술 선생님이 캘빈의 그림을 보고 3차원으로 그린다는 말씀을 많이 하셨는데 진짜로 대부분의 그림들이 마치 빌딩 옥상에서 밑을 내려다보는 것처럼 그려져 있었다. 하루는 뉴욕 자연사 박물관 3층에서 내려다보이는 뉴욕 시내를 그렸는데 마치 우리가 3층에 있는 것처럼 창문 너머 뉴욕 시내에 차가 보이는 모습을 표현해서 놀랐다.

캘빈은 그림을 그릴 때 밑그림을 먼저 그리지 않았다. 머릿속으로 그림을 완성시킨 다음에 그려내기 때문에 그림의 순서는 중요하지 않았다. 노란색 색연필을 들고 색을 칠할 때면 노란색이 필요한 부분들을 전체 그림들 속에서 찾아내서 메꾸는 식이다. 사람을 그릴 때도 머리부터 발까지 순서대로 그리는 것이 아니라 발을 먼저 그린 후 머리까지 그리곤 했다. 이 모든 작업은 머릿속에 완

자동차 경주, 2010년

Christmas Eve, 2010년

성된 그림이 그려져 있지 않으면 불가능한 일이었다. 모든 작업 과정을 세세하게 살필 수 있다면 좋겠지만 캘빈은 그림을 그릴 때 누군가가 옆에 있는 것을 굉장히 싫어했다.

이렇게 그림을 그리기 시작하면 밖에 나가는 것도 거부하고 책상에만 앉아 있으려고 했다. 혼자의 세계에 빠져 소리를 내서 웃기도 하고 어떤 날에는 펑펑 울기도 했다. 감정의 변화가 어찌나 빠른지 캘빈의 머릿속에 들어가보고 싶은 생각도 들었다.

이렇게 초창기에 그린 그림들은 주변 사람들에게 한 장씩 나누어 주다 보니 몇 장 남지 않았다. 초기 그림들을 잘 보관해야 했는데 당시에는 캘빈이 그림을 매일 몇 장씩 그리는 터라 대수롭지 않게 여겼다. 캘빈 그림의 변화를 살피기 위해서는 초기 그림들이 필요한데 실물이 없는 것이 가장 아쉬운 부분이다.

두뇌에 사진을 찍어놓는다

우리는 보통 무언가를 보면 시각을 통한 이미지를 두뇌에서 판단한 후 그 이미지에 맞는 행동이나 말을 한다. 하지만 캘빈은 사물을 볼 때 이 과정을 거치지 않고 일단 두뇌에 사진을 찍어놓는 것 같았다. 캘빈은 어렸을 때부터 길눈도 밝았다. 내가 운전을 하는 방향에 자기가 좋아하는 장난감 가게가 있었는데 딴 데로 방향을 틀면 바로 울어버렸다. 또 캘빈은 자기 물건을 잃어버린 적이 없었다. 집에 나갈 때와 돌아왔을 때 모든 게 제자리에 있어야 안심을 했다.

영화를 본 뒤에는 말 대신 그림으로 느낌을 표현했다. 박물관에 다녀와서도

(상) 박물관에 다녀온 뒤 그린 이집트
미라 그림, 2009년
(하) LA 미술관에서 피카소 그림을 보고,
2016년

오늘 기억에 남는 것이 무엇인지 물으면 말없이 그림으로 답했다. 캘빈은 무언가를 볼 때 무심히 지나치는 것 같지만 우리보다 관찰력이 높았다. LA 미술관에 갔을 때도 시간이 없어 피카소 방을 그냥 지나친 적이 있는데 집에 와서 피카소와 비슷한 그림을 그려 우리를 놀라게 했다.

—

컴퓨터 그래픽을 배우다

나는 앞으로 캘빈이 그림과 관련된 직업을 가지려면 컴퓨터 그래픽을 배워두는 게 좋다고 생각했다. 우리가 소개받은 애넷Annette 선생님은 애리조나에서 컴퓨터 그래픽 전문인으로 회사를 다니고 계셨는데 뉴욕에서 학생들을 가르친 경험이 많은 분이었다. 선생님은 당시 첫아이를 낳은 터라 힘든 시기였지만 내가 선생님 아이를 봐드리겠다고 해서 레슨을 시작할 수 있었다.

종이에 색연필로 그림을 그려온 것에 익숙했던 캘빈은 컴퓨터 그래픽에 거부 반응을 보였지만 선생님이 이끄는 대로 천천히 배워나가고 있었다. 집에서도 연습할 수 있는 그래픽 기구들을 사주었지만 여전히 색연필로 그림을 그릴 뿐 컴퓨터로는 그림을 그리려고 하지 않았다. 하지만 애넷 선생님의 성실한 지도 덕분에 두 번째 전시회 때는 캘빈이 손으로 그린 그림들을 다시 컴퓨터 그래픽으로 색을 입혀서 전시할 수 있게 되었다.

하지만 컴퓨터 그래픽으로 직업을 가지려면 더 고급 기술이 필요했다. 캘빈이 그래픽에 대한 복잡한 프로그램들을 이해하는 데는 한계가 있었고 때마침 애넷 선생님도 개인적인 사정으로 레슨을 중단하게 되었다. 처음 생각했던 것처럼 그래픽 관련된 직업을 갖지는 못했지만 시도해본 것에 대한 후회는 없다. 언젠가 캘빈이 스스로 원하게 되면 다시 시작할 수 있을 것이라 믿는다.

당시 컴퓨터 그래픽 수업을 들으면서 컴퓨터 사용법도 제대로 익힐 수 있었다. 지금은 인터넷에서 자기가 그리고 싶은 것들을 찾고 궁금한 것도 곧잘 검색한다. 5년이란 세월 동안 캘빈이 최대한의 능력을 펼칠 수 있게 도와주신 애넷 선생님께 진심으로 감사의 말씀을 전하고 싶다.

컴퓨터 그래픽으로 작업한 스타워즈.
피닉스에 있는 웰스 파고 은행 뮤지엄에 전시되었다.

세 번의 전시

집에 놀러온 친구들이 공통적으로 하는 말이 있다. 캘빈 그림을 보고 있으면 행복한 기분이 든다는 것이다. 그래서 우리는 집에서 작은 전시회를 열기로 했다. 하은이가 오보에를 연주하기 때문에 하은이와 친구들이 하는 음악회도 하면서 캘빈 그림도 함께 전시하기로 했다. 우리는 캘빈의 그림을 원하는 사람들이 그림에 스티커를 붙이고 원하는 액수의 후원금을 내면 가질 수 있는 방법을 택했다. 그런데 우리 생각보다 후원금이 많이 들어와서 애리조나에 있는 SARRC에 후원금 전부를 기부했다. 캘빈의 첫 번째 재능 기부 행사였다. 당시에는 캘빈이 앞으로 여러 차례 전시회를 열 것이라고 생각하지 못했다. 그래서 초기 그린 그림들을 스캔도 하지 않고 원본 그대로 팔았는데 나중에 많이 아쉬웠다. 그래도 캘빈의 그림을 산 친구들의 집에 가서 액자에 걸려 있는 캘빈 그림을 보면서 아쉬움을 달래곤 했다.

2015년 봄에는 스카츠데일 공연예술센터에서 지난 몇 년간 그린 만 점의 그림 중 70점을 추려서 두 번째 개인전을 열게 되었다. 전시 타이틀은 《자폐아의 눈에 보이는 행복한 세상》이었는데, 애리조나 교민 신문인 「애리조나 타임즈」, 「미주 한국일보」 등에 전시 안내와 캘빈의 이야기가 소개되면서 많은 분들이 관심을 가져주셨다.

캘빈이 작가로서 대중들 앞에 선보이는 첫 전시인 만큼 걱정이 많았지만, 다행히 전시는 성공적이었다. 판매용으로 준비한 그림들이 30분 만에 매진되어 따로 주문을 받아야 할 정도였다. 이 전시회는 우리 가족에게 남다른 의미를 주었다. 미주 한인 안과의사들이 남미 과테말라 빈민촌에 가서 무료로 백내장

Happy World !
Through The Eyes Of An Autistic Child

Calvin Shin
Art Exhibition

April 24, 2015 / 6:00 PM - 10:00 PM
Scottsdale Center For The Performing Arts
Mezzanine Conference Room (2nd Floor)
7380 E 2nd St, Scottsdale, AZ 85251

1

1. 두 번째 개인전 리플릿, 2015년
2. 학술대회 입구에 설치된 캘빈 부스
3. 학술대회를 위해 제작된 아트 상품들

2

3

수술을 하는 의료봉사가 있었는데 하은이가 이 봉사에 참가하고 싶어 했다. 그 비용을 캘빈 전시회 이익금으로 부담하게 된 것이다. 남은 액수는 의료봉사를 주최하는 비영리단체에 기부하게 되면서 여러모로 뜻깊은 전시회였다.

2015년에 애리조나 교육부에서 주최한 애리조나 전환교육 학술대회에는 미국 전역에 있는 장애 관련 전문의들, 변호사들, 특수교육 선생님들이 천여 명 이상 모였다. 이 학술대회에는 캘빈의 <PeoPle>이 최우수작으로 선정되어 가방, 책자, 목걸이 등의 아트 상품을 제작하게 되었다. 캘빈을 가르쳐주신 학교 선생님과 의사 선생님이 캘빈을 알아봐주고 특히 애리조나 교육감이 캘빈과 악수를 하는 모습을 보니 너무 자랑스러웠다.

—

유럽여행

캘빈이 고등학교에 들어가면서 세계사를 배우게 되었다. 각 나라의 역사를 자세하게는 몰라도 나라만의 특색을 알게 되면서 나라별 그림을 그리게 되었다. 특히 〈라타투이〉라는 만화 영화를 보면서 파리에 대한 환상이 생겼는지 파리를 나름대로 상상해서 그리기 시작했다. 그 그림이 두 번째 전시회에서 가장 많이 팔린 그림이었다.

파리 그림을 그리면서 유럽을 보고 싶다는 생각이 들었는지 파리와 런던에 가고 싶다고 조르기 시작했다. 우리는 캘빈에게 여행의 꿈을 심어주기 위해 유럽여행을 가기 위해서는 많은 경비와 시간과 계획이 필요하니까 기도하며 생각해보자고 했다. 그렇게 몇 년간 일주일에 한 번 4시간씩 아르바이트를 하면

캘빈이 〈라타투이〉를 보고 그린 그림.
정면보다 옆에서 그림을 보면 빌딩 사이의 원근감을 더 많이 느낄 수 있다.

서 모은 돈으로 유럽여행의 일부 경비를 충당했다. 그리고 작년 여름에 하은이 대학 입학 발표가 나면서 시간적 여유가 생겨 드디어 여행을 떠나게 되었다.

우리는 런던에 도착해서 버킹엄 궁전부터 시작해서 박물관, 유명 관광지들을 찾아다녔다. 그러나 캘빈의 반응은 생각보다 좋지 않았다. 오랜 시간 걸어야 했고 어디에 가든 줄을 서서 기다려야 했기 때문에 자신이 생각했던 유럽과 달랐던 것 같다. 다음날부터는 작은 담요를 가지고 다니면서 캘빈이 힘들어 하면 공원에 들어가서 쉬고 낮잠도 재우면서 여행을 했다.

파리에 가서는 에펠탑을 보고 루브르 박물관으로 가서 <모나리자>를 봤다. 그러더니 캘빈은 언제 미국에 돌아갈 것인지 묻기 시작했다. 더 이상 박물관에 다니기 싫다고 떼를 썼지만 나는 언제 또 올 수 있을지 몰라서 여행 마지막 날까지 박물관에 갔다. 마지막 날 피카소 박물관에 갔는데 캘빈은 걷기 싫었는지 피카소가 만든 조형물 앞에서 사진 한 장만 찍고 위층에 있는 카페에서 기다리겠다고 했다. 나도 너무 힘이 들어서 일찍 숙소로 돌아왔는데 오자마자 캘빈이 그림을 그리기 시작했다. 나는 깜짝 놀랐다. 캘빈이 사진을 찍은 그 조형물을 그려놓은 것이다.

캘빈과의 유럽여행이 항상 즐거웠던 것만은 아니었다. 영국에서는 주로 택시를 타고 이동했지만 파리는 사정이 달라서 대중교통을 타고 다녔다. 그러던 중에 파리 지하철에서 캘빈에게 충격적인 일이 있었다. 파리 지하철은 내릴 사람이 버튼을 눌러 문을 여는 수동 시스템인데 파리 지하철을 처음 타는 우리는 이 시스템에 익숙하지 않았다. 지하철이 도착해서 나와 하은이는 탔는데 캘빈은 아직 타지 못한 상황에서 문이 닫혀버린 것이 아니겠는가? 캘빈은 우리만 바라보고 나는 지하철 안에서 소리를 지르면서 문을 흔들어보았지만 지하철은 그대로 출발해버렸다. 어릴 적에 캘빈을 잃어버렸던 경험이 있는 나로서는 거의 패닉 상태였다. 하은이와 나는 다음 정거장에서 내려서 반대편 지하철을 타고 캘빈이 있던 곳으로 다시 가야 했다. 돌아가는 그 몇 분 동안 온갖 나쁜 생각들이 머릿속을 복잡하게 했다. 다행히 캘빈은 그 자리에서 우리를 기다리고 있었고 긴장이 풀리면서 우리 셋은 부둥켜안고 펑펑 울었다.

이런 사건이 있어서 그런지 캘빈에게는 유럽에 대한 인상이 더 안 좋아졌던 것 같다. 지금도 "유럽 갈래?" 하고 물어보면 한 번 가봤으니까 이제는 미국 내에서만 여행하겠다고 한다. 캘빈의 처음이자 마지막 유럽 여행이 된 셈이다.

(좌) 파리의 피카소 박물관에서, 2016년
(우) 피카소 박물관에 다녀온 뒤 숙소에서 5분만에 그려낸 그림, 2016년

그림이 변하는 과정

한국에서 열릴 전시회를 준비하면서 캘빈의 초기 그림부터 지금 그리는 그림들을 연도별로 정리하게 되었다. 이때 재미있는 사실을 하나 발견했는데, 캘빈이 그림을 플래시 카드처럼 그렸다는 것이다. 캘빈은 어릴 때 응용행동분석 프로그램에서 플래시 카드를 사용해서 개념 훈련을 했다. 직업, 사람, 동물, 음식 등 여러 종류의 개념을 공부했다. 그런데 지난 몇 년간 그린 캘빈의 그림을 보니 A4용지에 수십 가지의 직업과 다른 종류의 개념들이 그려져 있었다. 캘빈은 특히 패션에 관심이 많아 남녀 헤어 스타일, 남자 정장은 물론 타이, 모자, 여자 치마와 블라우스 등 패션 아이템들을 종류별로 수십, 수백 장씩 그리면서 이름을 적어 패션 용어 사전처럼 만들었다.

또 초기 그림에는 빈 공간이 많았는데 이제는 여백이 거의 없게 그렸다. 결국 캘빈의 그림은 어릴 때 배운 플래시 카드처럼 단계적으로 한 장씩, 그리고 그것들을 부분적으로 뽑아서 하나의 캐릭터로 만들어진 것이다. 그 캐릭터 한 사람 한 사람을 컴퓨터 그래픽으로 한 장에 모은 작품이 바로 <Suit>다.

캘빈 그림이 앞으로 어떻게 변할지는 캘빈 자신만이 알 것 같다. 그림 속에 그려진 많은 등장인물들과 함께 살아가는 캘빈의 자유롭고 평화로운 모습을 보며 엄마로서 행복감을 느낀다. 앞으로 캘빈이 그림과 함께 성장하고 그만의 독창적인 그림 세계가 펼쳐지길 기대해본다.

〈Suit〉, 2015년 전시 때, 컴퓨터 그래픽 박용재.
캘빈이 그린 그림 속 인물들을 하나하나 모아 재구성했다.

에필로그

캘빈은 정이 많고 행복한 청년으로 성장했다.
그 긴 세월 동안의 훈련들이 지겨웠을텐데
잘 따라주어서 너무 고맙다.
캘빈이 처음 자폐 판정을 받던 날 제일 먼저 든 생각은
'왜 나에게 이런 일이 생겼을까?' 였다.
하지만 돌아보니 캘빈은 우리에게 꼭 필요한 아이였다.
들가에 잡초도 아무 의미 없이 태어나지 않는다는 것을 깨닫게 하고
캘빈을 우리보다 더 귀하게 여기시는 존재를 알게 된 것에 감사하다.

의자에 앉아 그림을 그리는 캘빈의 모습을 보면 그냥 행복해보인다.
이제는 그림을 통해서 많은 사람들에게 행복을 주는 사람이 되기를
진심으로 기도한다.

NO MORE TO

GY
WN RENDER

MAMMALS
QUESTIONS
??? 2+1=3
3-1=2 APPLE
5×1=5
BALLERINA 1
OFFICE
BANDIT
HENCH MAN
THUG
WEAR
SPORTS
GANG
ACME

FRIEND
BUS
COOK
FRAMED
MOVIE
DRESS
SUIT
WANTED
PRIVATE OFFICE
ZOOTOPIA
BULLIED
BULLIES
VILLAINS
VINTAGE SUITS
HOLLYWOOD

캘빈의
서번트 드로잉

Calvin's
Savant Drawing

해설 | 김광우(미술평론, 갤러리815 관장)

–

서번트 증후군

서번트savant란 단어는 프랑스어의 '알기 위해', 또는 '배우는 사람'이란 말에서 유래했다. 한 분야에서 뛰어난 능력을 보이는 석학이나 천재를 일컫는다. 서번트 증후군savant syndrome은 중증의 정신장애를 가진 사람에게서 나타나는 아주 희귀한 현상이다. 서번트 증후군의 신비로움은 그것을 과학적, 심리학적으로 설명할 수 없다는 데 있다. 서번트 증후군은 그만큼 우리가 우리 자신에 관해 무지하고, 특히 인간의 뇌기능에 대해 무지하다는 사실을 일깨워준다.

1989년 아카데미 작품상을 비롯 남우주연상, 각본상, 감독상 등 4개 부문에서 수상의 영광을 안은 〈레인맨Rain Man〉(1988)은 자폐증 환자이며 암기력이 뛰어난 형 레이몬드 바비(더스틴 호프만 분)의 유산을 가로채려는 이기적인 동생 찰리가 점차 형제애를 깨닫게 되는 과정을 묘사한 미국영화다. 서번트 증후군의 진단을 받고 정신병원에 수감된 레이몬드는 한 번 보거나 들은 것을 결코 잊어버리지 않으며, 바닥에 떨어진 성냥개비 한 뭉치의 개수를 순간적으로 셀 수 있는 놀라운 수학 실력을 발휘한다.

〈레인맨〉의 주인공 레이몬드는 실제 미국인 로런스 킴 픽Laurence Kim Peek(1951-2009)을 모델로 한 것이다. 픽은 소뇌의 발달 이상과 함께, 선천적으로 좌우뇌를 이어주는 뇌교가 생기지 않은 뇌기능장애 환자였다. 그런 그가 생후 20개월 무렵부터 책을 읽기 시작하고 한 번 읽은 것은 모두 기억하는 놀라운 능력을 발휘했다. IQ는 87에 불과했지만 우편번호부를 통째로 외우는가 하면, 특정 날짜가 무슨 요일이었는지 대답하고 오늘이 그날로부터 며칠째인지를 순식간에 계산해냈다. 또 평생 읽은 12,000권의 책 내용을 대부분 암기했다.

픽 외에도 세계를 놀라게 한 서번트들은 많다. 청각장애, 정신지체, 뇌성마비 등 세 가지 장애를 동시에 지닌 레슬리 렘키는 열 살 때 처음 차이코프스키의 피아노협주곡 제1악장을 듣고 그 자리에서 거리낌 없이 연주해냈다.

또 다른 음악 서번트는 IQ 50의 시각장애자 엘렌 보드로로 브로드웨이 뮤지컬 <에비타Evita>의 앨범을 단 한 번만 듣고 모든 사운드트랙을 완벽하게 따라 불렀다. 엘렌은 청각을 통해 들어오는 모든 정보를 100% 완벽하게 저장할 수 있었다. 한번은 모차르트의 음악을 엘렌에게 들려준 적이 있다. 엘렌이 처음 듣는 곡이었다. 그들은 곡의 끝부분에서 멈추고는 엘렌에게 처음부터 연주해 보라고 했다. 엘렌은 기꺼이 연주했고, 정지된 부분 이후까지 마치 전곡을 다 들은 것처럼 연주해냈다. 곡의 전반적인 흐름을 이해하고 그것을 그대로 재현하는 능력은 음악을 지배하는 법칙을 완전히 소화하고 있다는 뜻이다.

다른 종류의 서번트들, 특히 음악적 서번트들의 빈번한 출현과는 달리 미술 방면에서 서번트 능력을 보이는 사람은 상대적으로 적다. 야마시타 키요시는 두 살 때 관동지방에서 일어난 파괴적인 대지진을 경험했고, 여러 차례 결혼과 이혼을 반복한 어머니로부터 끝내 버림받았다. 그 뒤 수용시설에 들어갔는데, 그곳에서 처음으로 특별한 재능을 보였다. IQ가 68에 불과한 그는 펜 하나만 갖고도 인물을 묘사하는 데 탁월한 재능을 보였다. 그 후 야마시타는 두 명의 저명한 예술가로부터 집중 교육을 받았고 나날이 실력이 향상되었다. 30대 중반에 야마시타의 작품을 소개하는 소책자가 출판되었을 때 일본의 미술평론가들은 그의 작품을 극찬했다. 한 언론은 그를 '일본의 반 고흐'라고 불렀다.

또 다른 미술 서번트는 열두 살이지만 정신연령은 세 살에 불과한 야마모토 요시히코다. 특수학교에 들어가서 그가 할 수 있었던 것은 유일하게 연필로 뭔가를 끼적거리는 것뿐이었다. 교사들은 야마모토와 대화를 나눌 때 그림을 통해 이야기했다. 그러다가 교사들은 야마모토의 그림 실력이 나날이 늘 뿐만 아니라 정상적인 아이들보다도 뛰어나다는 사실을 알게 되었다. 스물여섯 살 때 IQ가 47정도였던 그는 성城과 배를 주로 그렸다. 두 가지 모두 고도의 집중을 필요로 하는 작업이었다. 그가 그린 나고야 성은 판화로 제작되어 일본 전역에서 판매되었다. 야마모토의 미술 능력은 수채화와 유화에서 수묵화로까지 확장되었다. 그의 작품은 일본 열도를 넘어 국제적으로 알려지게 되어 미국에서도 전시회를 열었다.

서번트들은 음악이나 미술 같은 특정한 분야에서 탁월한 재능을 과시하고 있는데, 여기에는 조각 분야에서 비상한 재주를 가진 서번트도 있다. IQ 50에 어휘력이 50단어 수준인 알론조 클레몬스가 제작한 동물 조각품은 미국은 물론 전 세계에서 극찬을 받고 있다. 그는 말과 망아지가 어울려 노는 조각품을 해부학적인 섬세함까지 곁들여서 완벽하게 만들었다. 놀라운 사실은 그가 사진을 흘낏 한 번 바라보는 것만으로 조각해야 할 대상을 삼차원적 입체감을 포함한 세부사항까지 재생해낸다는 것이고, 그것을 찰흙을 빚어 완성하는 데 걸리는 시간은 고작 1시간 남짓이라는 점이다. 국제적인 명성을 얻은 알론조의 작품은 대부분 동물이고, 그중에서도 특히 말에 대한 집착이 유별나다. 알론조는 레슬리 렘키를 위해 작품을 제작하기도 했다. 레슬리가 노래를 부르는 비디오테이프를 보다가 문득 영감이 떠올라 제작했다는 그 작품은 <당신이 내 삶을 밝게 비추었다오>라는 제목의 망아지 조각품이다. 어느 TV쇼에 출현했을 때 사회자가 알론조에게 물었다.

"도대체 그 재능은 어디서 온 건가요, 알론조?"

"신이 주셨습니다."

서번트의 천재적 능력은 어디서 오는 걸까?

서번트의 아주 특별한 뇌기능은 보통사람들의 정상적인 뇌기능을 이해할 수 있게 해준다. 서번트의 뇌가 어떻게 작용하는지를 알게 되면, 우리의 뇌가 어떻게 작용하는지를 알게 되기 때문이다. 서번트의 천재적 능력에 대한 연구에서 얻을 수 있는 정보는 평범한 우리들로 하여금 기억력을 발휘하거나 통제하는 방법에 대한 연구를 자극할 것이다. 이러한 연구는 인간의 기억 영역에 관한 탐구, 예를 들면 우리 각자가 지닌 엄청난 정보에도 불구하고 다시 생각해 내는 능력이 형편없는 것 따위로 확대될 수 있을 것이다.

이제 우리는 서번트를 이상한 아웃사이더로 바라보는 편견에서 벗어나 그들을 통해 무엇을 배울 수 있는지를 알아봐야 한다. 단순히 그들의 경이로운 기억력과 뇌기능뿐만 아니라 인간의 잠재적인 가능성에 관해서도 알아볼 때가 되었다. 그들은 천재이면서 장애를 가진 사람들이다. 그들에 관해 충분히 이해한다면 그들이 우리 안에 내재된 천재성의 실마리를 제공해 줄 것이다.

인간의 능력이 광대하다는 점을 고려하면 서번트들의 재능은 극히 제한적일 수 있지만, 그들이 갖고 있는 장애 때문에 음악, 미술, 조각에 대한 그들의 능력은 더욱 두드러진다. 그들은 어떻게 이런 능력을 갖게 되었을까? 결론은 간단하다. 그것은 우리가 능숙한 일을 즐겨하는 것과 같은 이치다. 자신이 잘할 수 있는 일을 할 때 우리는 그 일을 즐기고 만족감과 삶의 보람을 느끼게 되며, 칭찬을 받는 과정을 통해 그 능력을 한층 더 강화시킨다.

서번트의 천재적 능력은 심리학, 정신의학, 인체의학, 유전학 등이 총체적으로 맞물려 있는 초자연적 현상이다. 서번트에게는 직관적 이미지가 있다. 그것은 특정한 기억 기능이다. 사물이나 장면을 보면, 그 사물이나 장면이 사라진 후에도 아주 생생하게 인식한다. 직관적 이미지는 사진 같은 기억으로 VCR의 일시정지 화면과 같은 것이다. 사물이나 장면이 제거된 후에도 그 사물이나 장면이 재현되는 현상이란 뜻에서 반복시反復視라고 한다. 정신지체자 중 50%가 직관적 이미지를 지닌 것으로 알려졌다. 그렇지만 직관 이미지가 서번트 능력에 대한 일반적인 설명이 될 수는 없는데, 서번트 능력은 우성 유전자로 작동하기 때문이다. 인간을 지극히 유전적인 생물체라고 말한다면, 서번트 능력을 가진 사람은 장애인이 아니더라도 그 능력과 관계된 영역에서 천재성을 발휘할 수 있다. 결론적으로 말해서 서번트 능력과 정신지체는 서로 분리된 상태로 유전되지만, 몇몇 서번트의 경우 두 가지 요소가 함께 발생하기도 한다.

서번트의 천재적 능력이 전적으로 유전적인 요소에 의한 것이 아니라 감각 상실에서 비롯된다는 이론도 있다. 감각 상실은 밀실 감금 같은 사회적 고립에 의해서거나, 시각이나 청각의 장애로 인한 지각의 투입이 불완전한 경우에 발생한다. 서번트들이 감각 상실로 인해 미세한 환경 변화에 예민해지고, 그것을 극복하기 위한 대안으로 복잡한 사실을 암기하거나 숫자를 세는 등 이상행동에 몰입한다. 서번트들은 개념적으로 사고할 수 있는 능력이 부족하기 때문에 한 가지 사실에 보다 구체적으로 사고하게 된다. 그리하여 구체적 능력은 점차 비대해지고 그 능력을 확대 사용하게 됨으로써 잃어버린 능력을 보상받는다.

서번트의 천재적 능력에 관해 많은 이론들이 제시되었으나 가장 설득력 있는 이론은 '좌뇌의 손상과 우뇌의 보상이론'이다. 출생 때 또는 어린 시절 입은 좌뇌의 손상 특히 전두엽 근처의 손상이 역설적인 기능촉진을 불러일으킴으로써 손상되지 않은 우뇌가 모든 역할을 하게 됨에 따라 우뇌의 능력이 좌뇌를 보완하는 강력한 보상작용이 일어나게 되고, 그것이 특정한 분야에서 천재적 능력으로 나타난다는 주장이다.

서번트 증후군으로 분류되는 이들 중에 좌뇌가 손상된 사람이 많다. 평범하게 지내던 사람도 뇌질환과 뇌손상을 입은 후 서번트 증후군이 나타나는 경우가 있는데 이들에게도 좌뇌의 전면 측두엽 기능장애가 공통적으로 발견된다.

서번트 증후군은 뇌기능장애지만, 수학, 음악, 미술, 기계 등의 분야에서 천재성을 드러낸다. 이들은 좌뇌에 문제가 있거나 좌우뇌를 이어주는 뇌교가 끊어져 있어 좌뇌의 지배에서 벗어난 우뇌가 능력을 발휘하게 된다. 좌뇌는 분석적 능력 및 추상적 개념을 도출하는 능력이 탁월한 반면, 우뇌는 종합적이고 예술적인 시각, 분석으로는 설명하기 어려운 순간적 통찰을 담당한다.

우리가 감각적 자극을 받을 때 우뇌는 자극 자체의 세부사항에 주의를 좀 더 기울이는 반면, 좌뇌는 세부사항을 하나의 개념으로 뭉뚱그리는 데 능하다. 좌뇌가 방해하지 않으면, 우뇌는 세부사항을 사진을 찍은 것처럼 고스란히 기억속에 저장할 수 있다. 우리 모두는 서번트 증후군의 잠재력을 가지고 있지만 좌뇌의 강력한 억압으로 그 능력을 발휘할 기회를 가지지 못한다. 좌뇌가 우뇌의 서번트 능력을 억압하는 것이다.

흥미로운 어느 중년여성의 사례가 있다. 이 여성은 타고난 음악가로 악보를 보지 않고도 굉장히 뛰어나게 연주할 수 있었다. 그런데 그녀가 실력을 더 향상시키기 위해 체계적인 음악공부를 시작하자마자 이 능력은 완전 상실되고 말았다. 체계적인 공부를 하려고 하자 우뇌에 유용하게 자리 잡고 있던 천부적인 능력이 좌뇌로 이동했고, 그 과정에서 능력 자체를 완전히 잃고 만 것이다.

—

캘빈의 서번트 드로잉

서번트 능력은 인간이 지닌 능력의 스펙트럼 전체에 걸쳐 존재한다. 서번트 능력은 유전적이거나 유아기 혹은 성인기에 갑자기 발병할 수도 있다. 서번트 능력을 흔히 파편적인 재능이라 하는데, 여기에는 무엇인가에 강박적으로 집중하고 암기하는 행위가 포함된다. 특별한 형태의 비범한 기억과 연관되어 있는 서번트 능력은 한 분야에 몰두하여 괄목할 만한 성과를 내지만 상당히 제한된 부분만을 기억한다는 특징이 있다. 제한된 부분이란 음악, 미술, 조각 등 예술적인 분야와 날짜 계산, 숫자, 역사적 사건 등 암기력을 필요로 하는 분야가 포함된다.

예술적 재능의 경우 음악에 이어 두 번째로 나타나는 서번트 능력이 그림 그리기다. 사실적 이미지를 인식하는 기능은 기본적으로 오른쪽 두뇌가 하는 역할이며, 왼쪽 두뇌의 기능은 그림 그리는 데 오히려 부적절하게 작용한다. 사람들이 그림을 잘 못 그리는 건 오른쪽 두뇌의 묘사력을 억제하는 왼쪽 두뇌의 추상화 성향 때문이라고 미국의 인지심리학자 베티 에드워즈Betty Edward가 저서 『오른쪽 두뇌로 그림그리기』(1979)에서 주장한다. 왼쪽 두뇌가 대상을 개념화하려고 하기 때문에 디테일을 무시하고 도식화한다는 주장이다. 따라서 그림을 잘 그리려면 주인 노릇을 하기 좋아하는 왼쪽 두뇌로 하여금 오른쪽 두뇌를 관장하지 못하게 제어해야 한다. 그런데 왼쪽 두뇌의 이상이 바로 서번트 증후군을 야기하는 주된 원인인 것이다.

서번트는 자폐증 환자나 지적장애자 2,000명 중 1명꼴로 드물게 나타나는 현상이며, 거의 6대 1의 비율로 여성보다는 남성에게서 더 많이 나타난다. 소아자폐증 환자에게서 서번트 증후군이 나타날 확률은 9.8%로 높다. 하지만 소아자폐증 환자는 10만 명당 7명꼴로 나타나는 매우 희귀한 현상이다.

서번트들의 공통점은 직관적 기억을 가지고 있다는 것이다. 직관적 기억이란 뚜렷한 색채가 있는 실제 이미지를 최대 40초 동안 보여주고 그것을 나중에 매우 생생하게 떠올리는 능력을 말한다. 서번트에게 새로운 기술을 가르치기보다는 그가 가진 재산에 용기를 북돋아주고 특별한 재능을 현실화시키는 방법을 가르침으로써 그의 잠재력을 최대한 이끌어내는 데 주력해야 한다.

캘빈의 드로잉은 서번트 능력의 결과물이다. 서번트 능력은 서서히 나타났는데 "초등학교 2학년 미술시간에 찰흙을 빚어 공룡을 만들었는데 근육 하나하나까지 섬세하게 묘사해서 반 아이들이 놀랐다"고 부모는 술회한다. 그 후 1년이 지날 무렵 "캘빈이 그린 선들을 자세히 보니 공룡을 그려 놓았는데 공룡들이 다 어디론가 향해 가고 있는 듯한 형상이었다. 당시 캘빈은 공룡에 빠져서 발음하기도 힘든 수십 가지의 공룡 이름들을 알아갔다. 한번 들은 공룡 이름들은 안 잊어버리고 공룡 그림책을 보면서 이름들을 다 맞추어서 너무 놀랐다. 의사소통도 어눌하게 하는 캘빈이 나도 발음하기 힘든 공룡 이름들을 다 외우고 있다는 사실이 신기했다"고 술회한다.

"캘빈이 그림을 그리기 시작하면서 밖에 나가기를 싫어하고 책상에만 앉아 있으려고 했다. 혼자의 세계에 빠져 소리를 내서 웃기도 하고 어떤 날에는 펑펑 울기도 했다. 감정의 변화가 어찌나 빠른지 캘빈이 생각하는 세상은 알 수가 없지만 우리는 캘빈 그림을 보면서 알 수가 있었다."

"캘빈 그림이 조금씩 변해가면서 나는 앞으로 캘빈이 그림과 관련된 직업을 가지면 좋을 것 같았다. 컴퓨터 그래픽을 배워두면 캘빈이 그와 비슷한 직업을 가질 수 있을 것 같아 컴퓨터 그래픽을 배우게 하였다. 혼자 색연필로 자유롭게 그렸던 캘빈은 처음에는 많은 거부 반응을 보였지만 선생님께서 이끄시는 대로 천천히 배워나가고 있었다. 캘빈이 이 복잡한 프로그램을 과연 이해할 수 있을지 의문도 들었지만 캘빈이 곧잘 따라하면서 작품들도 나오기 시작하였다."

"2015년 봄에는 스카츠데일 공연예술센터에서 지난 몇 년간 그린 10,000점 중 70점을 추려서 《자폐아의 눈에 보이는 행복한 세상》이란 타이틀로 두 번째 개인 전시회를 열었다. 애리조나 교육부에서 주최하는 애리조나 전환교육 학술대회(Arizona's Annual Transition Conference)는 미국 전역에 있는 장애 관련 전문의들, 변호사들, 특수교육 선생님들이 천 명 이상 모이는 자리다. 2015년 제15회 컨퍼런스에서 캘빈의 <피플PeoPle>이 최우수 작품으로 당선이 되어, 캘빈 그림으로 학술대회에 쓰일 가방, 책자, 목걸이 등 상품을 만들었다.

People, 11/4/2012

사람들

People

두 그룹의 사람들이 왼편과 오른편에 있다. 중앙에는 청바지에 붉은색 셔츠 그리고 배낭을 맨 캘빈 자신이 있다. 왼편에 있는 웨이터, 피자가게 아저씨, 정육점 아저씨, 빵집 아저씨도 모두 포즈를 취하고 있다. 오른편에는 셔츠로 가려지지 않을 정도로 배가 나온 사람도 있고, 턱수염을 기른 사람, 경찰관도 있다. 등 뒤로 다양한 사람들을 세워 놓고 캘빈은 관람자를 바라보며 왼손을 들어 인사한다. 자신을 중심으로 화면을 구성한 것이 재밌고 훌륭하다.

Calvin
Shin
10-30-12

People

People, 10/30/2012

Toontown: Smile, Darn Ya, Smile?!, 1/11/2016

툰타운

Toontown

디즈니랜드에 있는 툰타운은 디즈니가 제작한 애니메이션 캐릭터들로 가득한 곳이다. 또 월트 디즈니 컴퍼니가 온라인에 만든 역할극 게임 명칭이기도 하다. 캘빈은 화면 중앙에 Toontown Online이라고 적어 역할극 게임에서 영감을 받아 그렸음을 기록했다.

〈스마일, 단 야, 스마일!〉은 디즈니 컴퍼니의 만화가 루돌프 아이싱이 1931년에 제작한 애니메이션이면서 타이틀곡의 제목이기도 하다.

미국에서 만화영화가 처음 제작된 것은 1906년이고, 최초의 주인공은 공룡이었다. 만화가 월트 디즈니가 1923년 할리우드로 와서 〈만화 나라의 앨리스Alice in Cartoonland〉와 〈운 좋은 토끼 오스왈드Oswald the Lucky Rabbit〉를 선보이고, 1928년에는 미키 마우스를 소개했다. 코그스Cogs!는 난이도가 있는 퍼즐 게임이다.

캘빈의 그림을 보면 그가 바라보는 세상이 아름답고 흥미진진한 곳임을 알 수 있다. 만화와 게임 속 인물들을 가능한 한 많이 등장시키면서 그룹으로 나누고 또한 화면을 위아래로 나눈다. 화면 위 등장인물들이 가운데 선 토끼를 향해 'Smile, Darn Ya, Smile!'이라고 노래를 부르는데, 부모의 손을 잡고 등장한 토끼는 캘빈 자신으로 보인다. 해님이 환한 미소로 토끼의 등장을 반긴다. 아래에 있는 포스터 형식의 그림은 툰타운의 또 다른 소식을 전한다.

Toontown Online, 1/11/2016

Welcome Toontown Show Toon, 2/9/2016

툰타운 만화쇼

Toontown Show

툰타운 만화쇼에 오신 것을 환영합니다. 캘빈의 마음을 사로잡은 장면들이다. 장면 하나하나를 따로 그렸다가 합성한 것이 아니라 기억 속에서 하나하나 끄집어내어 병렬시킨 것이다. 수많은 장면들을 기억했다가 필요할 때 꺼낼 수 있는 능력이 놀랍다! 화면을 빼곡하게 채우는 구성은 다른 작품들에서도 흔히 나타나는 현상으로 평소의 편집증적 습관 때문이다. 기억의 영역이 다른 사람들에 비해 크다보니 세부적인 것들까지 모두 저장하고 있다.

Toontown Cartoon Show

Thousand Character to Dance, 3/25/2016

No More Cartoon Render

How Cogs were Made, 5/22/2016

코그스들

The Cogs

코그스Cogs는 톱니바퀴의 톱니라는 뜻으로, 난이도가 있는 퍼즐게임이다. 이 그림은 코그스의 로봇 5형제를 묘사한 것이다. 전화를 이용하는 가입 혹은 구입 권유자Cold Caller의 머리는 가로로 평편한 반면 필기를 업으로 하는 기자나 작가Pencil Pusher의 머리는 펜 끝처럼 뾰족하다.

Toon How Are Made of Cogs, 3/18/2016

Toontown Cogs Building, 5/30/2016

Thousand Character

만화책에 등장하는 인물들

Comic Book Character

만화책에 등장하는 인물들을 한데 모았다. 교사, 경찰관, 군인, 갱스터, 조직폭력배, 마피아 등 온갖 인물들이 나열되어 있다. 이러한 인물들을 모두 기억했다가 묘사한다는 것은 놀라운 일이다! 작지만 세부를 묘사하고, 밝은 색을 사용하여 전체에 경쾌한 느낌을 담았다. 캘빈의 의식 단면을 보는 것 같다. 캘빈은 화면을 가득 채우는 이런 구성작품을 많이 제작했다. 성실한 노력의 결과물이다.

Toontown Render Wikia, 2/16/2016

No More Toontown, 2/21/2016

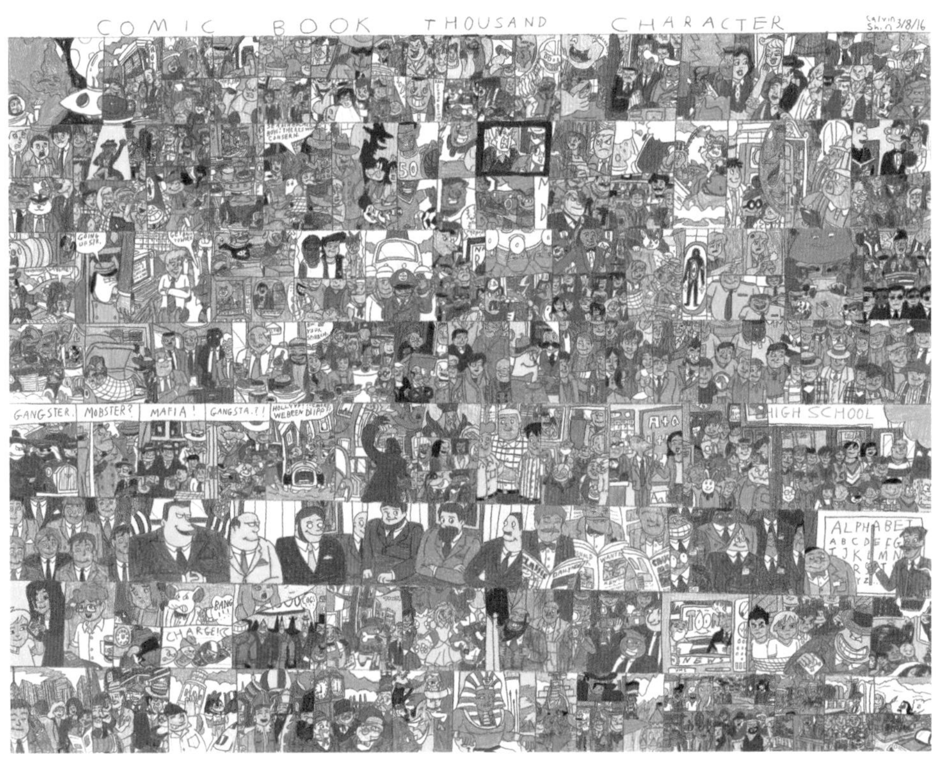

Comic Book Thousand Character, 3/8/2016

Toon 1000 Characters, 4/13/2016

Toontown Business People, 5/22/2016

툰타운 사람들

Toontown People

사업가들Business people은 같은 색의 양복을 입은 그룹으로 설정했다. 지루하지 않게 다른 색 의상을 입은 남성과 여성들을 중앙에 삽입하여 변화를 꾀했다. 친구Friend와 갱스터Gangster 그룹도 있다.

Toontown Friend, 5/22/2016

Toontown Gangster, 5/22/2016

Just Me&My Mom Museum, 1/4/2016

자연사 박물관에서

American Museum of Natural History

캘빈은 엄마와 함께 자연사 박물관을 다녀왔다. 공룡 알을 담은 곳에 '만지지 마세요'라는 팻말이 붙어 있지만 공룡 알을 만지려고 하자 경비원이 소리친다. "당장 알을 내려놔! 만지지 말라는 팻말 보이지 않니?" 흥미로운 점은 경비원이 모자가 벗어질 정도로 흥분한 상태에서 소리를 지르는데 얼굴이 호랑이의 모습이다. 이 그림은 캘빈이 즐겨보던 동화책 The Berenstain Bears and the Bad Dream의 한 장면을 그린 것 같다.

3/30/2010

Toontown Gags, 2/9/2016

툰타운 개그

Toontown Gags

절정 혹은 고비를 뜻하는 ACME?!라는 글자가 적혀 있다. 위기의 장면들을 따로 모은 것이다.

Anna&Mick Wilde, 2/9/2016

안나와 믹 와일드

Anna&Mick Wilde

믹 와일드가 고비의 순간에 안나를 구출하는 장면이다. 안나가 믹에게 감사를 표하자 믹은 사랑한다는 말로 안나를 안심시킨다.

Mammals Characteristics

포유류

Mammals

포유류 종류라고 적어놓았지만 포유류가 아닌 동물들도 다수 등장한다. 물과 육지 그리고 하늘에서 활동하는 동물들에 각각 명칭을 붙여놓았다. 동물도감을 만들려는 의도였는데, 글자가 형상들과 한데 섞여 글자도 회화의 일부분처럼 보인다.

FOOD

Calvin
Shin
8-11-14

Food, 8/11/2014

음식

Food

테이블에 음식이 가득 차려져 있고, 주인공은 양손에 닭다리와 스테이크를 들고 만족한 표정을 짓고 있다. 잔에 포도주가 담겨 있고, 오른편에는 케이크와 파이, 컵케이크 등 캘빈이 좋아하는 후식이 다양하게 놓여 있다. 왼편에는 햄, 닭고기, 치즈, 생선찜, 샐러드 등이 있으며 후추와 소금병도 갖추어 놓았다. 초록색 그릇에 여러 종류의 과일도 가득하다. 이런 음식들 앞에서 만족하지 않을 사람이 있을까?

Cooking, 8/8/2014

요리사 앞에는 그가 만든 음식물들이 다양하게 진열되어 있다. 천장에는 고리에 매달린 훈제 소시지 등 전통 음식물이 매달려 있다. 요리사는 칭찬에 답례하는 자신의 모습을 꿈꾸고 있다.

3/17/2010

식탁에서 바라보는 거실의 장면이다. 거실에는 자동차를 여러 대 주차할 수 있고, 그랜드 피아노와 침대도 있는 매우 넓은 공간이다. 상단 오른편에 부엌이 보이고 아침식사를 하는 간단한 식탁이 있다. 원근을 과장해서 다이닝룸의 식탁에서 부엌으로 가려면 한참 걸릴 것이다.

Merry Christmas

크리스마스 이브

Christmas Eve

어른에게는 온 가족이 한데 모이는 추수감사일이 가장 기다려지는 날이지만, 아이에게는 선물을 받을 수 있는 크리스마스가 가장 고대하는 날이다. 추수감사일 다음 날부터 크리스마스 캐럴이 울려 퍼지기 시작한다. 아이들은 산타로부터 받고 싶은 선물을 부모에게 알려주고, 부모는 크리스마스 이브에 트리 아래에 아이의 선물을 놓아둔다. 스누피, 캘빈, 그리고 캘빈의 여동생 하은이도 쿨쿨 자면서 산타가 와서 선물을 놓고 가기를 바란다. 식탁에는 크리스마스 이브를 축하하는 만찬이 차려져 있다. 케이크에는 '메리 크리스마스'란 글이 장식되어 있다.

흥미로운 점은 상단 왼편에 냉장고와 부엌 찬장이 보이고 다이닝룸 사이 거실이 있고, 스누피, 캘빈, 하은이 모두 거실에서 자고 있다. 닭 한 마리도 취침 중이다. 상단 오른편에 윗층으로 올라가는 계단이 보인다. 왼편이 현관임이 틀림없다. 상단 왼편 창가에는 망원경이 있고 별 하나가 거실에 들어와 있다.

Christmas, 5/11/2010

Classic New York Building, 3/30/2015

뉴욕의 건물들

New York Building

뉴욕 시에는 100년도 더 된 빌딩들이 많다. 특히 맨해튼에는 고전적 빌딩들이 즐비하다. 붉은색 벽돌 건물의 창문틀이 오래된 건물임을 말해준다. 검은 선의 계단은 화재 시 탈출로다. 택시 뒤로 커다란 트럭, 교통법 위반 딱지를 발부하는 경찰관 등 떠들썩한 맨해튼의 장면을 한 화면에 고스란히 담아냈다.

1/28/2014

New York, 2/6/2013

Dressed Up, 3/4/2014

정장
Dressed Up

캘빈은 의상에도 관심이 아주 많다. 화면 상단은 정장을 파는 상점이고 하단은 상점의 내부다. 정장 차림의 신사들이 자신의 맵시를 뽐내고 있다. 점원이 상의를 만지며 옷 입는 것을 도와주고 넥타이를 바로 잡아주기도 한다.

직업에 따라 다른 옷을 입은 사람들을 빼곡하게 그렸다. 정장을 주로 입는 비즈니스맨들의 의상도 모두 같지 않게 미세한 변화를 주고 있다.

Toontown Gangster's, 4/25/2016

1000 Character's Classic in 1980s

캘빈의 그림에서 사람들은 보통 카메라 앞에 선 모습이다. 말쑥한 차림의 사람들은 자신의 외모에 매우 흡족해하는 모습이다. 계단을 오르내리는 장면에서 구도를 달리한 점은 구성에 변화를 주는 캘빈의 의도가 나타나 반갑다.

Mayor Vote, 2/5/2014

시장

Mayor

시장 선거가 시작되었다. 캘빈은 곳곳에 홍보물이 나붙은 도시 풍경을 그렸다. 유세를 하는 백발의 시장 후보는 두 팔을 벌리며 자신이 시장에 적격하다고 웅변을 토한다. 검은색 정장에 선글라스를 쓴 젊은이들이 강단 앞을 막고 시민들을 향해 서서 시장 후보를 경호하고 있다. 백발의 시장 후보 포스터를 든 사람들이 손을 들고 그의 이름을 연호하면서 지지를 보인다. 실제 이 후보자는 시장에 당선되었다.

1/7/2014

3/5/2014

Diner

다이너

Diner

미국에는 어디서나 다이너 레스토랑을 쉽게 발견할 수 있다. 가족이 함께 가서 식사하기에 가장 적당한 곳으로, 주차장도 있고 메뉴도 다양하며 값도 적당하다. 왼편 가장자리에 커피를 리필해주는 웨이트리스가 보이고 흑인 주방장이 요리를 들고 있는 모습도 보인다. 한가하게 잡지를 읽는 사람도 있고 그 옆에 담배를 피우는 사람도 보인다. 흡연자가 있는 걸로 봐서 캘빈이 직접 본 장면이 아니라 만화에서 본 장면을 재현한 것임을 알 수 있다. 보통 다이너에서는 금연이기 때문이다. 하단 중앙에 햄버거를 앞에 놓고 프렌치프라이를 하나 집어 들고 흐뭇한 표정을 짓는 젊은이가 웃음을 자아내게 한다.

Police Station Department, 3/17/2014

경찰서

Police Station Department

캘빈의 그림에는 경찰관이 곧잘 등장한다. 캘빈은 경찰서의 내부를 묘사했다. 티켓Ticket은 교통법 위반 딱지를 담당하는 부서다. 티켓 부서 옆에 Rew란 글자가 보이는데 현상 수배자의 얼굴이 있는 포스터다. 유치장에는 검은색 줄무늬의 유니폼을 입은 수감자들이 있다. 하단 왼편에는 범인들을 막 체포하여 경찰서 내부로 데리고 오는 모습이 보인다. 그리고 상단에는 덩치가 큰 근육질의 사내를 두 경찰관이 수갑을 채운 채 양편에서 붙들고 이송하고 있다. 한 화면을 위아래로 양분하여 경찰서의 외관과 내부를 함께 묘사한 데서 재치를 느낄 수 있다.

Drink Bar

술집
Drink Bar

술집 안의 장면들이다. 카드놀이를 하는 사람도 있고, 당구를 치는 사람도 있으며, 웃고 떠들며 테이블에서 술을 마시는 사람도 있다. 서로 힘자랑하는 사람도 있고, 상대방의 뺨을 때리며 시비를 거는 사람도 있다. 스탠드바에서 조용히 맥주를 마시거나 코카콜라를 마시는 사람도 보인다. 밖으로 난 창문을 통해 밤하늘과 초승달이 보인다. 이 그림의 유머는 상단에 있다. 술에 취해 추태를 보이던 건장한 젊은이가 유리창 밖으로 던져졌다. 오토바이 옆에 있는 쓰레기통에 두 다리만 보이는 장면도 웃음을 자아내게 만든다.

Scooby Doo Saves New York

스쿠비 두

Scooby Doo

스쿠비 두는 1969년에 미국 CBS에서 TV 만화 영화로 방송된 이후 근래까지 다양한 영화로 리메이크되는 개의 이름이다. 이 개는 신비로운 사건을 전담하는 주인공들과 함께 맹활약을 펼친다. 2002년 미국의 감독 라자 고스넬Raja Gosnell이 실사영화로 제작하여 많은 사랑을 받았다. 뉴요커들이 스쿠비 두에게 감사를 표하는 가운데 안경을 낀 소녀가 스쿠비 두의 머리를 쓰다듬고 있다.

New York City

New Cars, Trucks - 1999 vs 2001 / 1990s vs 2000s

자동차 디자인

Car Design

자동차를 종류별로 그리고 생산년도별로 기억하기란 어려운 일이다. 캘빈의 놀라운 능력은 의상, 물고기, 총 등 관심을 기울이게 되면 종류별로 묘사하고 그것들의 이름을 기억해내는 점이다. 소위 말해서 개념이 분명하다.

Car Styles, 5/17/2016

자동차를 그려본 사람은 잘 알겠지만, 자동차의 종류를 특징적으로 묘사하기란 어려운 일이다. 더욱이 자동차를 오른편에서 바라보는 방식으로 그리고 왼편에서 바라보는 방식으로 자유롭게 묘사하는 것은 화가에게도 어려운 일이다. 캘빈은 자신이 바라본 상태의 정지화면으로 사물을 기억한다. 그리고 기억하는 것들은 모두 정확하게 묘사한다. 놀라운 재능이다!

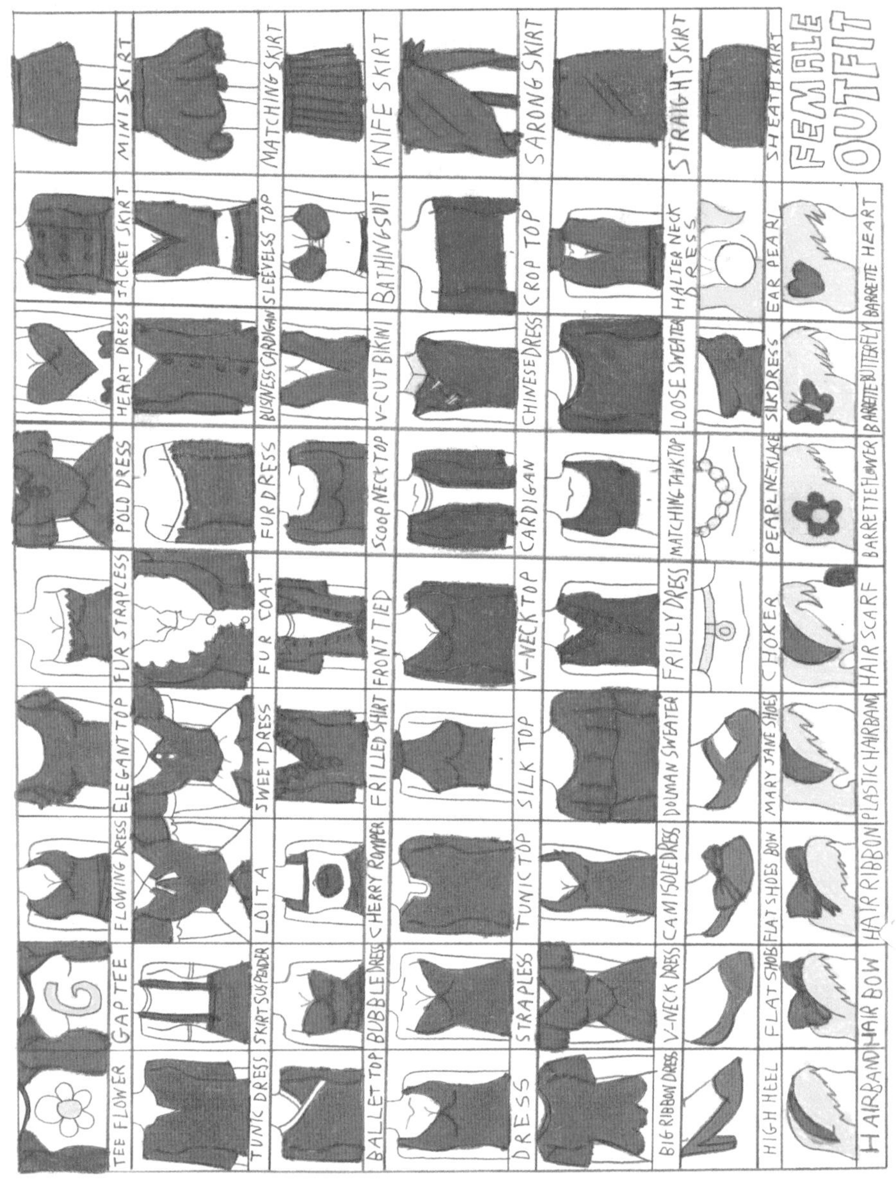

Female Outfit

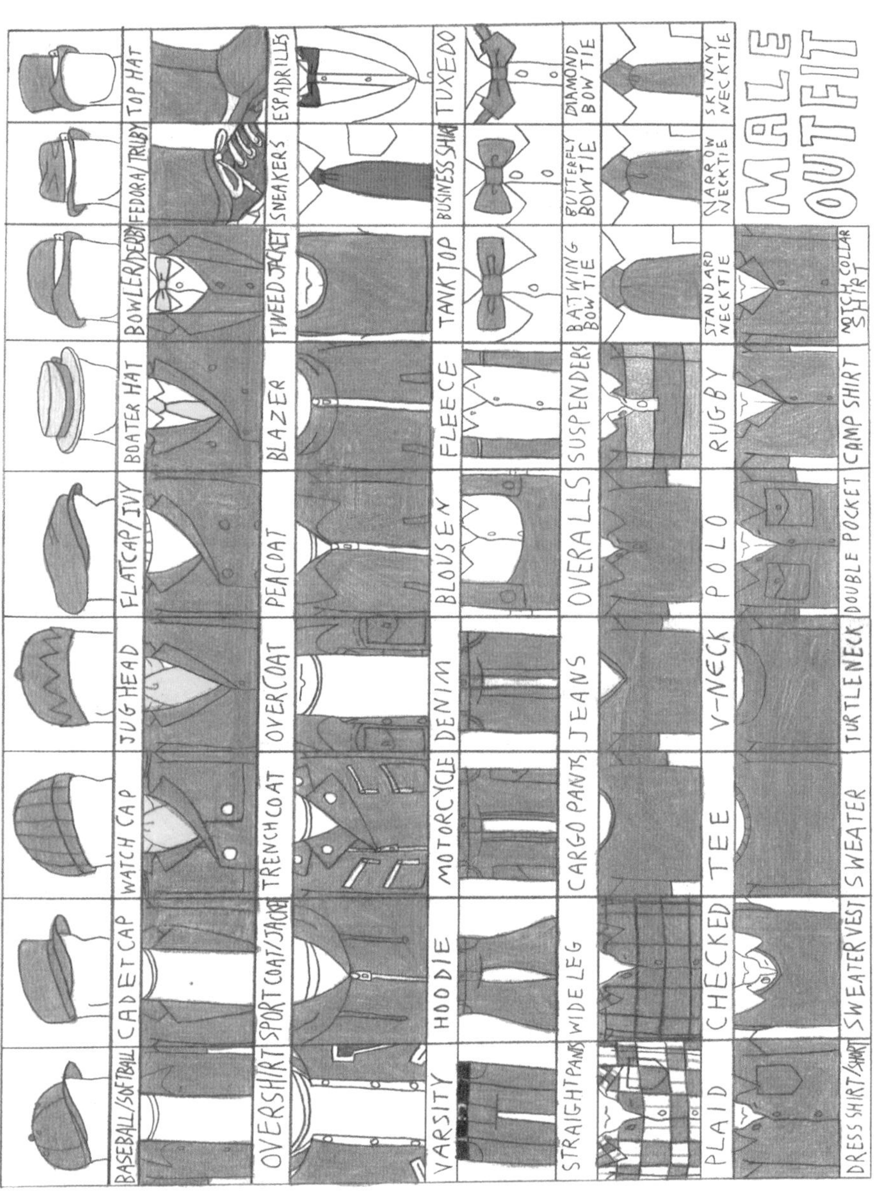
BASEBALL/SOFTBALL
CADET CAP
WATCH CAP
JUGHEAD
FLATCAP/IVY
BOATER HAT
BOWLER/DERBY
FEDORA/TRILBY
TOP HAT
OVERSHIRT
SPORT COAT/JACKET
TRENCHCOAT
OVERCOAT
PEACOAT
BLAZER
TWEED JACKET
SNEAKERS
ESPADRILLES
VARSITY
HOODIE
MOTORCYCLE
DENIM
BLOUSEN
FLEECE
TANK TOP
BUSINESS SHIRT
TUXEDO
STRAIGHT PANTS
WIDE LEG
CARGO PANTS
JEANS
OVERALLS
SUSPENDERS
BATWING BOW TIE
BUTTERFLY BOW TIE
DIAMOND BOW TIE
PLAID
CHECKED
TEE
V-NECK
POLO
RUGBY
STANDARD NECKTIE
NARROW NECKTIE
SKINNY NECKTIE
DRESS SHIRT/SHORT
SWEATER VEST
SWEATER
TURTLENECK
DOUBLE POCKET
CAMP SHIRT
NOTCH COLLAR SHIRT
MALE OUTFIT

Male Outfit

DRESS SHIRT/SHORT
POCKET DOUBLE
POLO
TEE
V-NECK
TURTLENECK
SWEATER
SWEATER VEST
TANK TOP
BUSINESS SHIRT
CAMP SHIRT
VARSITY
DENIM
HOODIE
MOTORCYCLE
FLEECE
BLOUSEN
RUGBY
OVERCOAT
TRENCHCOAT
SPORT COAT/JACKET
SUSPENDER
OVERALL
BAND
BASEBALL/SOFTBALL
WATCHCAP
JUG HEAD
FLAT/IVY
NECKTIE
BOW TIE
CARGO PANTS
STRAIGHT PANTS
JEANS
WIDE LEGGED
TUXEDO
PLAID
CHECKED
TWEED
VEST
DISCO
SNEAKERS
LOAFER
LOOSETIE
ASCOT
SCARVES
PRINT
WESTERN
BOLO

Boy(청소년) 옷 스타일

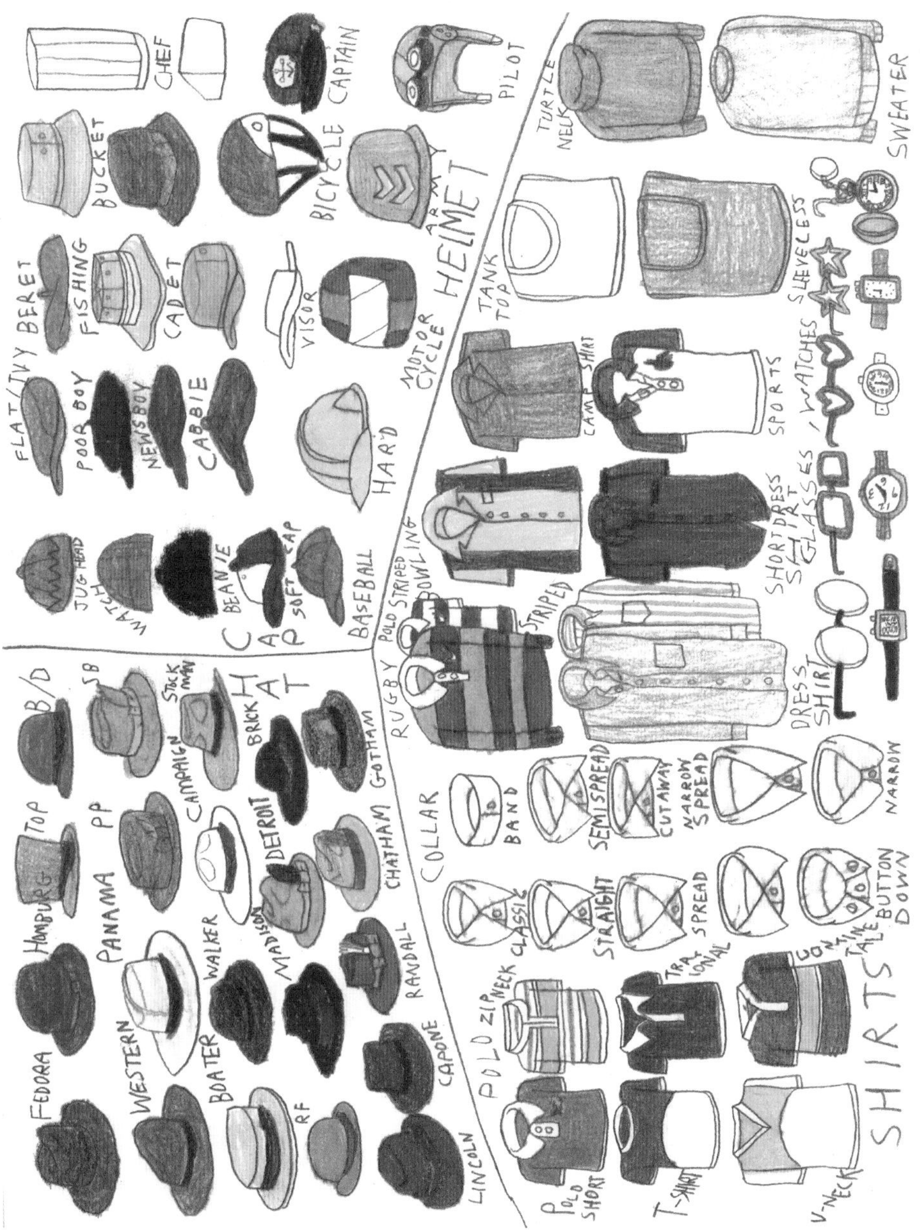

Hat / Shirts / Sweater

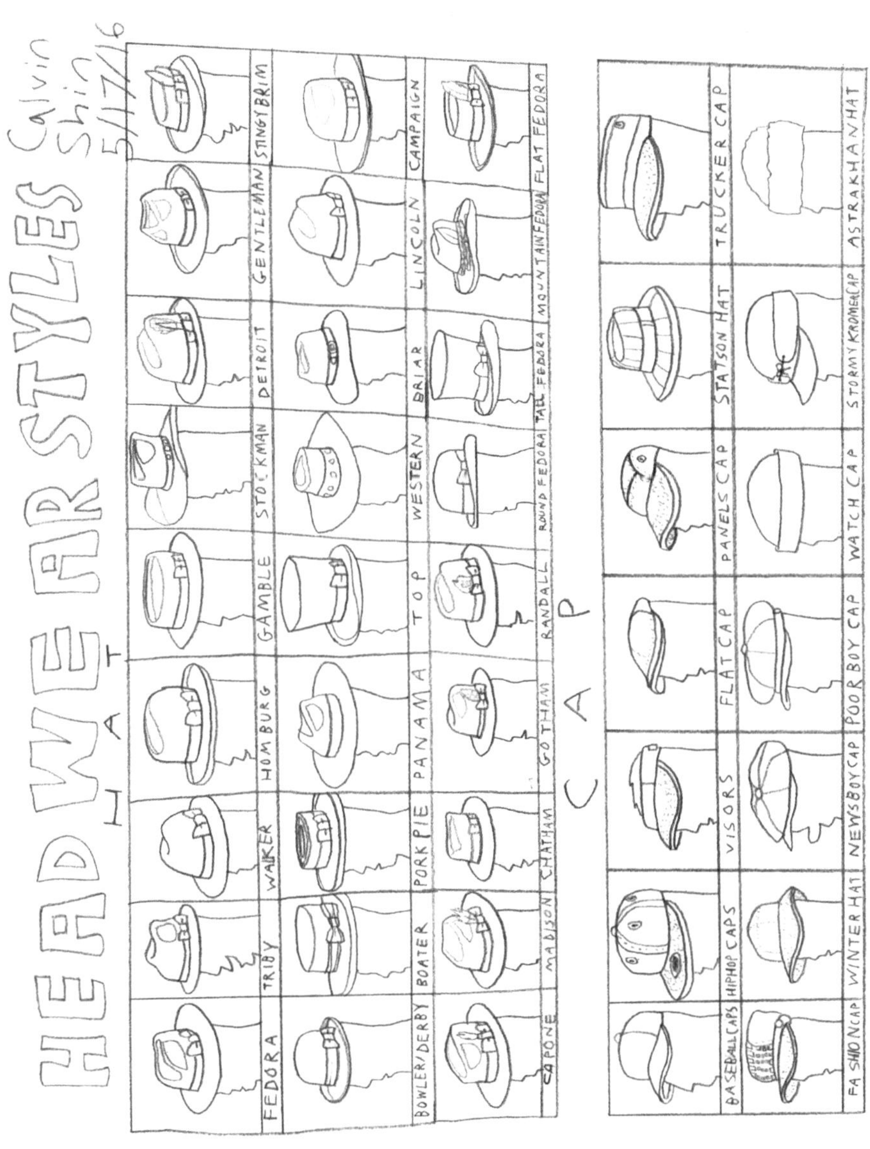

Head Wear Styles, 5/17/2016

Collar Styles, 5/17/2016

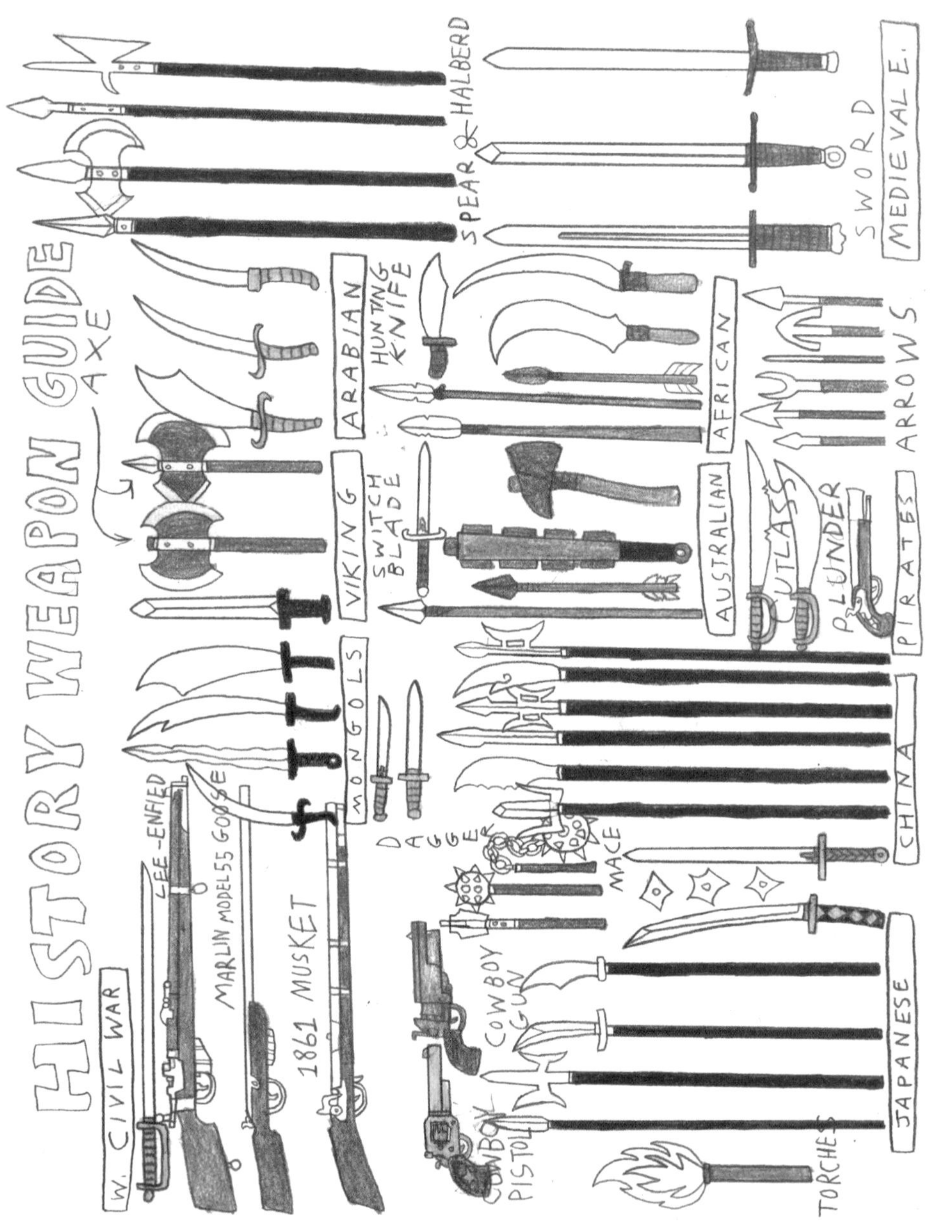

History Weapon Guide

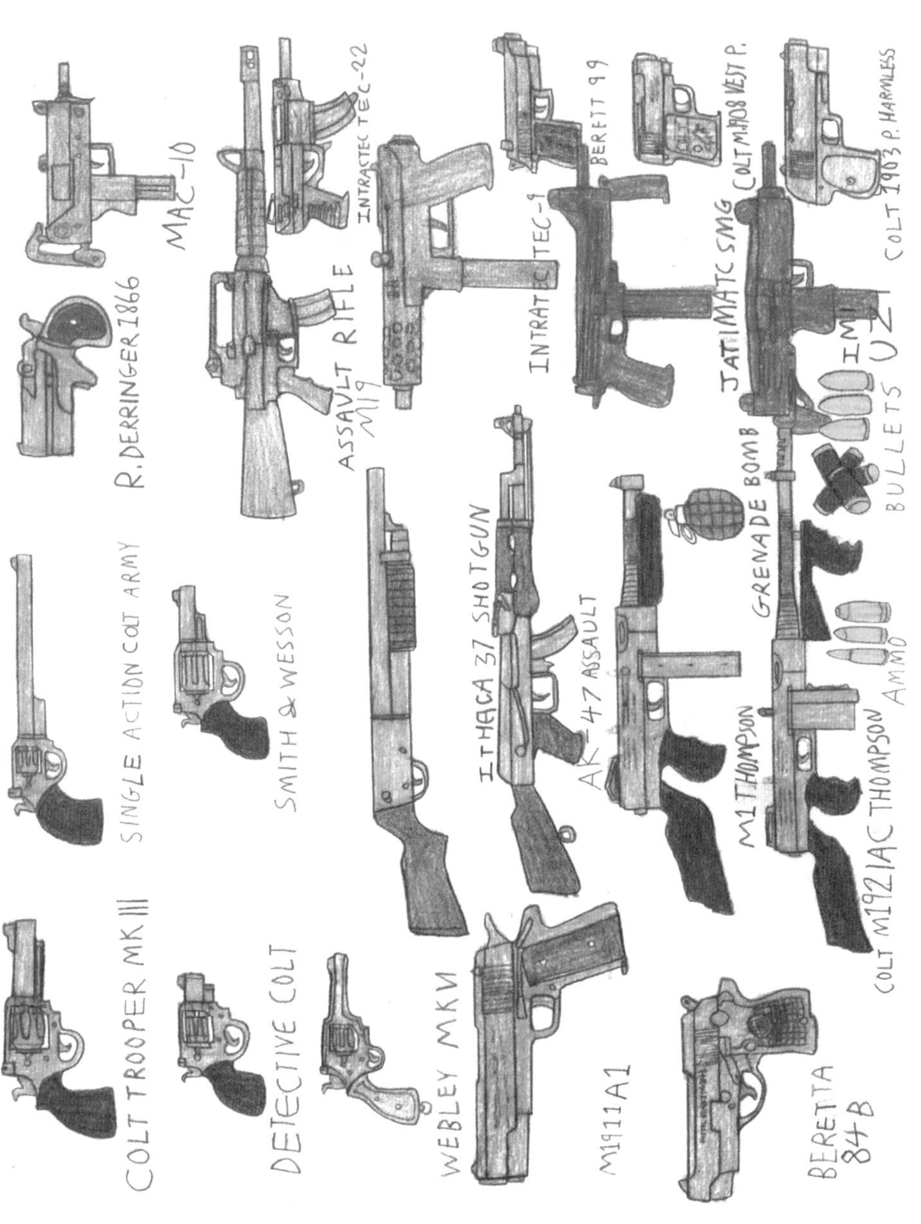
COLT TROOPER MK III
SINGLE ACTION COLT ARMY
R. DERRINGER 1866
MAC-10
DETECTIVE COLT
SMITH & WESSON
ASSAULT RIFLE
INTRACTEC TEC-22
WEBLEY MKVI
ITHACA 37 SHOTGUN
INTRATEC TEC-9
BERETT 99
M1911A1
AK-47 ASSAULT
GRENADE BOMB
JATIMATC SMG
COLT M1908 VEST P.
BERETTA 84B
M1 THOMPSON
COLT M1921AC THOMPSON
AMMO
BULLETS
IMI UZI
COLT 1903 P. HARMLESS

권총의 종류

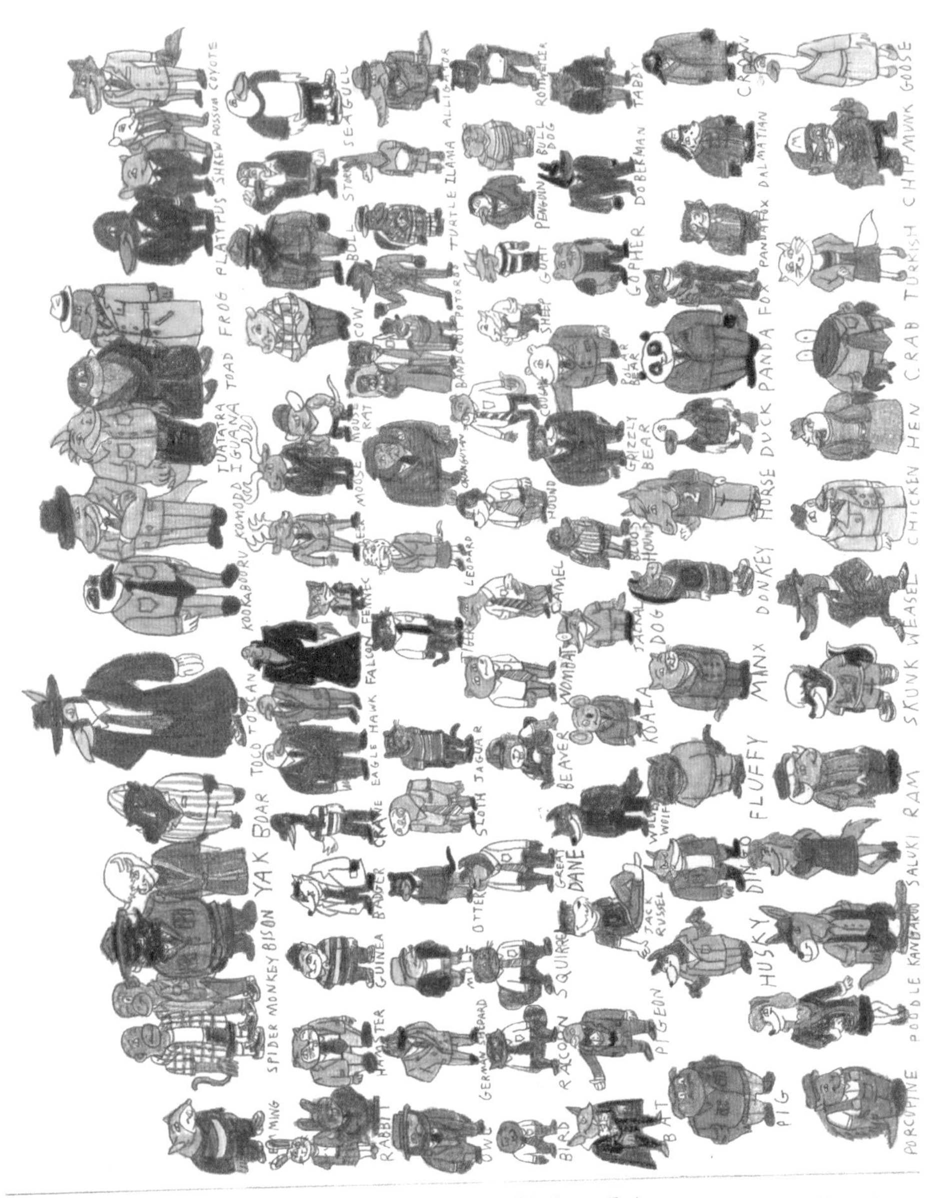

North&South, Australia/Asia Mammals